静岡新聞社

はじめに

言い得て妙という言葉がありますが、混とんとした現代の気分を事柄ごとに一言で言い表すとしたら、川柳こそが最もふさわしい表現手段であることが本書で証明できたのではないかと思います。

当初は今の世を憂いた横町に住む八っつぁんや熊さんのような方々に、庶民を代表して「てやんでい冗談じゃねえ、世の中悪いよ、あれやこれや何とかならねえもんかね、いったい」といったボヤキや憤懣《ふんまん》を、問題だと思う事柄の一つひとつを挙げ連ねスッパスッパ小気味よく切りまくったような文章を応募して一冊の本にならないかと考えていました。

その一方、当社で俳句と短歌を集大成した本は手掛けたが、静岡県内にも多くの愛好者を持つ川柳も一冊にまとめてみたいという強い願いがあり、この二つの目的を合体させ、「時代の気分を詠む」川柳集として本書が誕生しました。

静岡県という県単位で、結社の中で長年川柳を詠んでいらっしゃる方、川柳を愛好されている方々、また初めて川柳を詠んでみようと投句された方など、多くの方々から寄せていただいた作品を、ジャンル（テーマ）ごとに「現代の気分」を表現できるよう一冊にまとめるという試みはおそらく初めてのことではないかと思います。

選句については、以下のようにさせていただきました。

一、選句は静岡県川柳協会会長・浅野浅々子先生、静岡県川柳協会前会長・秋山静舟先生のお二人にお願いしました。

二、応募された方については五句のうち一句は採用させていただくよう最大限努力しました。その際川柳として句の意味を変えることなく形を整えるため、若干の添削をさせていただいた作品もあり、それについてはご了承願いたいと思います。

三、ジャンル（テーマ）別に編集しましたので、句としての優劣はもちろんあるものの、それにこだわらず「時代の気分」を表現している句はなるべく採用させていただくようにしました。

四、定型を選の基本としましたが、字余り・字足らずの作品は添削をするか、今の時代の言葉としてやむを得ぬとの判断で採用させていただきました。

作品を何度も読ませていただくにつけ、現代のぬるんだ、混とんとした時世に結構まともに人生や世界を見つめて生きていらっしゃる方が数多くいることにホッとしています。全般に素晴らしい作品がちりばめられていますが、特に作品が多かったのは「日常・人生」「家族」「夫婦」のジャンルで、「時代が変わってもいいものはいい」という作品に秀句が多かったように思います。これもまた時代の一断面と思います。

今回この本をまとめるについて、川柳はズブの素人だった自分がだんだんと川柳の魅力にとりつかれ、下手な句づくりまでするようになったのも選者の先生と投句してくださった皆さまのおかげかなと感謝するとともに、『川柳でんでん太鼓』をはじめとする田辺聖子先生の著書に、日夜励まされてきたように思います。

本書はどこから読んでも楽しめますし、静岡県の川柳人が大集合し、二十一世紀の初頭に時代の気分を詠み切った本として後世にも残るものと思います。

またこれから川柳を始めたい方のために、静岡県内の川柳結社を紹介するページを巻末に掲載しました。折に触れて川柳を詠み、楽しむ方が増えていくことを願ってやみません。

目　次

家族

雷が落ちて昔はケリがつき
（藤枝市・山崎時治郎）

ゴキブリが気絶しそうな娘の悲鳴
（静岡市・望月正八）

家族

兎小屋風吹き抜ける子の巣立ち（沼津市・長嶋恭）

ありがとう産んでくれてが宝物（吉田町・澄川ソノ子）

父だけがピアスを付けてない我が家（焼津市・堀場大鯉）

歯に衣着せぬ絆の家族愛（静岡市・田形みち子）

打ち込んだ鎹あって家族の和（横浜市・池上雅子）

団欒の具は溢れてる家族鍋（磐田市・平野ふじ子）

健やかな鍋の囁き聞く夕餉（静岡市・鈴木玲子）

鍋物が家族なごます栄養価（静岡市・牛丸フジ江）

老鳥が運ぶスープの冷めぬ距離（袋井市・新貝里々子）

両親が残してくれた内輪揉め（浜松市・野澤玲子）

家族

病んでみて初めて知った家族愛（清水市・池田ちよ）

あっさりと裏も表も無い家族（浜北市・平野升）

信頼が心の窓を開けさせる（焼津市・押尾みつ子）

お年玉孫と嫁との手が出され（静岡市・山梨とみ子）

鬼瓦旧家の栄枯知り尽くす（静岡市・伏見芳筅）

壁障子襖泣かせの子沢山（清水市・寺田美子）

少々のいじめ気にせぬ子だくさん（静岡市・大石多知子）

子福者は子育て苦労口にせず（袋井市・榛葉ちゑ）

団欒に白髪黒髪赤い髪（藤枝市・寺田柳京）

三世代笑いが抜ける屋根の下（焼津市・遠藤松絵）

家族

二世帯でくつろぐ家の住み心地（静岡市・永倉はな）

親と子の法被がはずむ笛太鼓（沼津市・植松静河）

変わる世に変わらぬものは親心（島田市・植田てつ）

冷暖房備えて親子すきま風（浜松市・高野三郎）

円満は親の笑顔を子が拾う（富士市・池上啓子）

渇いてる心うるおす子の寝顔（静岡市・伏見芳筅）

一日の苦労が癒える子の寝顔（富士市・石川哲也）

それぞれの物差し持って三世代（富士市・吉田静江）

家無き子昔今では子無き家（浜松市・柴谷保夫）

ああなた我が子の親は私だけ（掛川市・笠原玲子）

家の子に限ってと言う親のエゴ（焼津市・小林としこ）

七癖が親子の絆強くする（静岡市・古柳淑子）

一呼吸おいて平和な三世代（浜北市・桐畑い餘）

価値観の違いに親も子も悩み（吉田町・松浦千代子）

死んだふりして穏やかな三世代（藤枝市・川久保五朗）

思うほど子が喜ばぬプレゼント（静岡市・狩野文枝）

父

単純な言葉に父の底力（浜北市・大橋隆広）

星空の父の軌跡がよく映える（浜北市・吉田辰次）

生真面目を不憫と思う親心（沼津市・露木一然）

父

来し方に悔いは残さぬ父の貌　（浜北市・楠正治）

親の背にまだまだ学ぶ事ばかり　（浜北市・大谷あき）

拳骨も優しさもあり子が育ち　（浜松市・鈴木オサム）

真っ直ぐに生きた親父の背が語る　（浜松市・鈴木オサム）

漁継ぐ日父祖の愛した海が呼ぶ　（静岡市・増田扶美）

下町に頑固親父は生き続け　（藤枝市・橋本昭恵）

越えられぬ父の背中が盾となる　（富士市・池上啓子）

断崖で伊達には吹かぬ父母の風　（静岡市・望月鐘雄）

想い出を洗うと父母の若い顔　（袋井市・山田フサ子）

無駄なこと無駄にするなと父は言う　（静岡市・望月鐘雄）

父・母

横道を知らない父の履いた靴（袋井市・柳澤猛郎）

石仏どこか似ている亡父が居る（浜松市・藤波利子）

ストレスは溜めない父の無位無冠（沼津市・吉村公江）

気短なおやじにたのむお餅焼き（静岡市・壇洋子）

母

小言いう母の元気を見て帰る（焼津市・山口秀夫）

郷愁を手繰れば温い母の膝（浜北市・中村広志）

染めてない母の白髪があたたかい（土肥町・佐藤灯人）

寂しさもうすれて母の七回忌（浜松市・島香代）

順番に母介護した帰らぬ日（静岡市・望月泉）

母

いつの世も母は太陽すべてです（島田市・鈴木まつ子）

短いが心ぬくもる母の文（静岡市・藤波昇）

若い芽を手塩にかける母の慈雨（浜北市・吉田辰次）

母の背を流す何より母が好き（浜松市・鈴木すみ子）

きびしくてときに優しい母の鈴（静岡市・伏見芳尭）

母の釘要所要所で効いてくる（浅羽町・金原忠枝）

母のねじ少し諭して少しほめ（静岡市・宇佐見寿美）

聖母にも鬼にもなって子を育て（焼津市・押尾みつ子）

母に似た年寄りに会う朝の市（清水市・天方さち枝）

非行の芽母の涙で立ち直り（焼津市・甲賀微風）

母

幸せを実感出来る母の胸（浜松市・山本正子）

農に生き飾るを知らぬ老いた母（焼津市・松下春江）

マニキュアも知らず母の手節くれる（焼津市・志村由季）

この位置が一番似合う母の椅子（浜松市・太田雪代）

裏方に徹した母の割烹着（袋井市・黒田一枝）

割烹着百のドラマを演じきる（浅羽町・金原忠枝）

脇役に徹する母の笑い皺（浜松市・今田久帆）

一世紀生き抜く母の笑い皺（焼津市・駒形敬子）

父と娘に振り回される母の位置（清水市・岩田明美）

逞しく生きた証の母の手記（静岡市・柿島佳江）

母

母と子の絆を結ぶ毛糸針（浜北市・鈴木幹子）

めぐり来て母の願いがわかる齢（静岡市・宇佐見寿美）

髪淋し亡き母の年齢とうに越え（菊川町・渡辺早苗）

亡き親の苦労を知った同じ齢（磐田市・馬塚久代）

忠告の子へ抜け道を開けておく（函南町・江川ふみ子）

目覚ましに母さんの顔とんでくる（沼津市・市川昭子）

かあさんのサインに弾む園児バス（沼津市・古屋慶子）

塩梅は母が伝えた自分量（沼津市・植松静河）

過疎にいて世間の風を凌ぐ母（清水市・半田市子）

ないないと義母は小銭をためている（浜松市・米田隆）

母

赤ちゃんは泣くのが仕事お母さん（沼津市・向笠米）

父母の匂いを探す蚤の市（静岡市・大野栄通）

鼻歌の出る日平和な母の顔（浜北市・鈴木あさの）

愚痴聞いてくれる母へのプレゼント（掛川市・水野幸治）

落ちこぼれ拾ってくれる母がいる（富士宮市・塩川はま）

脱線もいとわぬ母の鉄道歌（沼津市・吉村公江）

お袋と言われるだけの知恵があり（静岡市・望月弘）

強いママやがて私の姿かも（富士市・望月宗重）

家計簿をパートで埋める母の腕（静岡市・中村はな）

おふくろがママに代わって世が乱れ（焼津市・宮地稲子）

母・息子

母の顔二つに見える子の不安（静岡市・橋爪光子）

子離れをいやす女の赤い靴（浜松市・上原ひで子）

子を忘れ母はパチンコ玉になる（浜北市・片岡玉虫）

息子

試着室学生服の背が眩し（掛川市・森下居久美）

巣立つ子が涙でかすむ発車ベル（浜松市・間宮政子）

生意気な茶髪が親にお説教（沼津市・森満子）

親の模写したような子がニッと笑み（静岡市・青木信一）

我が息子ブランドつけたスネかじり（静岡市・岩倉さつき）

紺色のスーツ眩しく子の門出（相良町・松下うめ）

娘

土地に馴れ人に馴れたと子の便り（浜北市・村松小菊）

物わかりよすぎ息子にたかられる（磐田市・柴田汎）

娘

面影を残してあの娘孫を抱き（沼津市・原田清一）

里帰りたまった愚痴を置いていき（静岡市・服部哲雄）

賞味期限切れる娘が未だゆかず（清水市・花井しげる）

口惜しさは痴漢をされたことが無い（藤枝市・山崎時次郎）

自己主張茶髪の娘にもいい笑顔（静岡市・鈴木一枝）

割り込んでゆけない妻と娘の話（袋井市・安間孤舟）

しきたりにこだわる母へ娘の意見（菊川町・鈴木紀九）

娘・孫

愚かな娘分からなかった親も馬鹿（富士市・望月千枝子）
もつれ糸解かす母娘の妥協の灯（袋井市・柳澤猛郎）
嫁がせて晴れて心の窓が開き（清水市・半田市子）
わが子には同じ事でも誉められず（大仁町・青木弘巳）

孫・祖父・祖母

遺伝子の怖さ孫にも脅かされ（函南町・市川良子）
三代を受け継ぐ孫の力持ち（静岡市・松永如水）
片言の笑顔に和む爺と婆（沼津市・原田清一）
癖つかむ孫は無類の物真似師（浜松市・鈴木道昭）
産声の大きさに沸く控え室（浜北市・大谷あき）

孫・祖父・祖母

ばあちゃんに何になりたい問う孫ら（浜松市・村松美佐江）

知恵ついた孫にまんまとしてやられ（浜松市・馬淵よし子）

入学の孫へ躾のくどくなり（富士宮市・蛭川広子）

抱っこして泣かれた孫にお年玉（沼津市・杉本武司）

素直さを帰省の孫に教えられ（相良町・松下うめ）

バイトした孫から届くチョコの味（浜松市・清水桂子）

孫の絵に太陽いつも顔を出し（静岡市・岡部ふく代）

素直だと思った孫も反抗期（静岡市・寺澤幸子）

孫からの絵手紙がくる敬老日（静岡市・土屋のり子）

話し合い孫の意見に拾う知恵（静岡市・佐藤春江）

孫・祖父・祖母

子や孫へ伝えいきたい義理人情（焼津市・山岸志保）

空腹にグルメは祖母の握り飯（浜松市・清水桂子）

ばあちゃんの献立表でダイエット（沼津市・那須野美枝）

丸い背に祖母の歩いた地図が見え（袋井市・日吉雅朝）

人は友水は器と祖母教え（横浜市・池上秀樹）

嫁姑

同居する嫁の介護で灯が丸い（浜北市・河合博彦）

嫁の顔窺いながらそっと生き（菊川町・信國けさ江）

嫁姑キッチン舞台に競い合う（静岡市・八木益代）

妻だけが味方のはずが姑につき（清水市・寺田美子）

嫁姑

糠漬けは誰もかなわぬ姑の味（静岡市・田形みち子）

三世代嫁が舵とる宝船（静岡市・寺田喜之助）

水の音火の音嫁がいる安堵（袋井市・久保品充）

嫁が来て息子と話すことが減り（清水市・池田ちよ）

時代

六十億地球危険な星となり
（静岡市・竹下博之）

平成の国難少子高齢化
（静岡市・永倉太郎）

新世紀・世紀末

筆跡がどこにも見えぬ年賀状（静岡市・山田迷泡）

大予言外れ安堵の新世紀（大須賀町・山下富雄）

まだともう世紀を跨ぐ句読点（静岡市・新井泰）

新世紀無限の扉押してみる（焼津市・志村由季）

ロボットと世間話をする茶の間（清水市・鈴木田鶴子）

ロボットに支配されそう新世紀（天竜市・市川正子）

幕のないドラマが続く新世紀（島田市・中道修）

新世紀過去形捨てるいいチャンス（袋井市・高橋春江）

筋書のない新世紀怖くなる（湖西市・伊藤信夫）

新世紀大きな活字汚職占め（静岡市・市川重雄）

新世紀・世紀末 2001

新世紀迎える成田不況なし（静岡市・石井長一）

ゆっくりと世紀を跨ぐ不況風（焼津市・山本友香）

新世紀不景気風を道連れに（静岡市・高橋良子）

文明が地球の色を変えていく（御殿場市・山口俊雄）

新世紀生あるものに唄がある（清水市・塚本君代）

次世紀へ青い地球を託す義務（焼津市・斉藤伴雄）

ゴミの山姥捨て山と化す地球（三島市・重間良子）

道徳を親子で学ぶ新世紀（浜松市・志村昭吉）

少年の飛躍を秘めて翔ぶ世紀（静岡市・佐藤多美江）

子や孫へ残す地球へ種を蒔く（袋井市・日吉雅朝）

新世紀・世紀末

地球儀で紛争地域知る平和（静岡市・永倉太郎）

地球儀を廻すと何処かキナ臭い（藤枝市・菊川信男）

ミレニアム夫は優し家事育児（富士市・細川栄子）

ランドセル中に詰まった新世紀（藤枝市・菊川信男）

夢いっぱい詰めて膨らむアドバルーン（浜北市・岩崎けい）

この国の未来が重いランドセル（清水市・今井忠雄）

文明は腹の黒さも撮るカメラ（大須賀町・鶴田八重子）

吹く風も流れる雲も新世紀（袋井市・袴田かと）

二千年神代と同じ陽を拝む（袋井市・榛葉貞坊）

新時代父は自転車子は外車（清水市・中田新兵衛）

新世紀・世紀末

新世紀いつも通りに夜が明ける（焼津市・斉藤伴雄）

言葉だけ一人歩きの新世紀（三島市・矢中真理子）

世紀越え運がいいのか悪いのか（焼津市・斉藤伴雄）

無理な夢かさね期待の新世紀（静岡市・牧野圭太郎）

世紀明け玉砂利の音もハイトーン（三島市・栢野博）

きらわれる蛇もてもての新世紀（沼津市・栗崎弘）

叱る子が出来て嬉しい新世紀（袋井市・榛葉礼一）

年寄りが邪魔にされそう新世紀（静岡市・石井長一）

年金の苛めはじまる新世紀（浜北市・袴田信子）

新世紀どこから来るの孫が聞き（菊川町・又野荘吉）

新世紀・世紀末

今年こそ誓った日記も雪景色（岡部町・萩原綾子）

泥船が赤字を積んで新世紀（島田市・望月節夫）

遺伝子へヒト科が狂う世紀末（浜松市・平野恵美子）

正月のピザで始まる新世紀（静岡市・高橋千枝子）

新世紀革命をする体脂肪（三島市・加藤貴代美）

常識の囲みはずれた世紀末（天竜市・斉藤賢人）

宇宙から戻って上手いお味噌汁（焼津市・小山寿恵）

新世紀クローン社会見え隠れ（静岡市・大関春男）

二十歳よりちょっと大人の二十一（菊川町・信國けさ江）

新世紀火薬の匂い忘れたい（富士市・上野良雄）

年号・戦争

年号

年号の平成らしくない世相（焼津市・実石秀司）

西暦で平成かすむ新世紀（浜松市・畔柳晴康）

ご外遊為替動いてままならず（浜松市・白井理起子）

郷愁の彼方に消えた紀元節（清水市・中村双葉）

昭和史が次第に遠くなる夜明け（袋井市・柳澤猛郎）

長かった昭和が終わる春あらし（静岡市・上杉苑子）

戦争

玉音を聞いた正座は忘れない（藤枝市・森本創志）

地も人も溶けたヒロシマへ玉音（土肥町・服部和大）

戦争

清も露も知ってあしかけ三世紀　（森町・清水正彦）

反核へもうケロイドを隠さない　（土肥町・服部和大）

原爆忌冷房の居間胸いたむ　（静岡市・望月泉）

指折って偲ぶ八月一五日　（静岡市・杉山秀夫）

核実験地球がノーと叫んでる　（土肥町・服部和大）

恍惚の軍歌を歌う目が光る　（浜北市・伊藤益男）

やる度に数の合わない露将校　（細江町・加茂五郎）

芋を喰うセピアの写真痩せ細り　（清水市・後藤尚夫）

米びつにいつでも米のある平和　（静岡市・小川たに子）

焼け野原都会を捨てた日を思う　（清水市・鈴木湧泉）

戦争

島還る日の祝杯へ生き延びよ（藤枝市・寺田柳京）

四島を一括返せと鳴る霧笛（三島市・高田昇）

赤紙に背戸で泣いてた母と父（富士市・鈴木三朗）

信じてた神話へ散った鉄兜（袋井市・榛葉貞坊）

星光も錨桜も呑み海静か（浜松市・白井朝生）

銘仙一反サラリー消えた終戦後（焼津市・山内正子）

硝煙の匂いが消えぬ世紀末（浜北市・松野はな）

もう八十路戦時貢献無視不服（清水市・望月文江）

飽食の時代なじめぬ戦中派（袋井市・吉川清一）

世相・風俗

携帯にボーイフレンド飼っている

（焼津市・小山寿恵）

IT・Eメール・パソコン

ケイタイも届かぬ鄙に住む気楽（藤枝市・興津嵐坊）

不本意なノイズに歩幅狭くなる（掛川市・森下居久美）

食費まで詰めて携帯鳴り続け（静岡市・斉藤郁子）

携帯を持たぬ我が子が偉く見え（三島市・小出とよ子）

父だけが持たぬケイタイ意地っ張り（福田町・市川奈央子）

痴漢より不気味夜道の着信音（富士市・藤井恵美子）

他人様を携帯電話目もくれず（静岡市・横地容子）

IT・Eメール・パソコン

アイティーは便利さよりゃあ倫理ずら（春野町・松井健）

ITと言われて話題そっと変え（浜北市・池沼健）

ＩＴ・Ｅメール・パソコン

ＩＴは複雑なんだそうなんだ（富士宮市・柳澤和彦）

新世紀孫に教わるＥメール（榛原町・尾崎敞）

空を飛ぶ郵便物はどこへゆく（磐田市・松本祐佳）

アケオメと短縮メール新世紀（富士市・遠藤徹）

立ち上げて見ればメールで賀状来る（藤枝市・芹沢七郎）

アドレスは宇宙語めいて通り過ぎ（袋井市・井口薫）

蕗味噌のレシピマウスが探し出し（清水市・織田順子）

マウス持ち錆び付く脳に活を入れ（浜松市・野澤玲子）

恋愛もダブルクリックして終わり（長泉町・荻田飛遊夢）

パソコンを派遣社員に教えられ（浜松市・土屋竹詩）

世相

内蔵のソフトに勝る生き字引（浜北市・楠正治）

歳の差はパソコン使う指に出る（清水市・織田順子）

パソコンに頭を下げて動けゴマ（静岡市・永田延男）

パソコンに指の鈍さを笑われる（菊川町・鈴木紀九）

パソコンの腕前競う年賀状（浜松市・栗田林治）

パソコンに追いかけられて夢が覚め（磐田市・坂部哲之）

パソコンの世に残されていて寒い（袋井市・中村千絵）

世相

平和論女が少し酔っている（静岡市・田中浩）

セクハラがスキンシップを追い払い（静岡市・新井泰）

世相

男器量女度胸の世が怖い（静岡市・山本智子）

ホームレス好きでやってる人もいる（清水市・寺田美子）

繁栄の渦に溺れたホームレス（焼津市・遠藤卯月）

レンタルの畑で草が威張ってる（清水市・山田敏夫）

読むよりも見るだけで済む本が売れ（静岡市・望月正八）

川止めの歴史の川に水がない（焼津市・増田久子）

下着ルック目がぱちぱちと宙に舞う（静岡市・高田みずき）

少子化でその分凝った名前付け（沼津市・松井時子）

少子化という難物の根の深さ（静岡市・田中浩）

少子化はやがて我が身の泣きどころ（浜松市・嶋田さだ）

世相

女の子生まれよかった世の移り（富士宮市・蛭川広子）

イヤリングネイルアートに鼻かざり（藤枝市・芦沢七郎）

ファックスでテレビへ不満ぶっつける（清水市・岩田より）

世の中の涙だんだん薄くなる（静岡市・市川重雄）

にんげんを斬る責任のない噂（浜北市・中村広志）

生涯の学習終えてカナに負け（焼津市・小林鏡一）

日々新たお婆泣かせのカタカナ語（藤枝市・池田雪）

カタカナは読めたが何のことかいな（富士市・府川順吉）

カタカナのそばでひらがな背伸びする（浜松市・柴田修）

ストレスをまた拾ってるカタカナ語（袋井市・竹内庯吉）

世相

カタカナの辞書を引いてもすぐ忘れ　（袋井市・榛葉ちゑ）

ミレニアムカタカナばかり氾濫し　（磐田市・松永和子）

目に余る世相社説が骨っぽい　（藤枝市・片山きよし）

爪先で石蹴りしたい政治欄　（沼津市・真部たけ子）

現実の虚構に浮かぶ情報化　（浜松市・今田久帆）

荒んだ世釘打つ人のない時世　（焼津市・前原遠州）

アンテナを高く世情に遅れまい　（浜松市・砂山澄恵）

今の世で足らぬは人の倫理だけ　（菊川町・森野球磨）

愛されて恋嫌われてストーカー　（金谷町・松永嘉郎）

姦しく猛女テレビの午後を呼ぶ　（静岡市・筒井志津子）

世相

チャンネルに喜怒哀楽を操作され（焼津市・小林鏡一）

朝ドラが専業主婦を離さない（雄踏町・為永義郎）

文明の利器から消えていく温み（浜松市・鈴木泰舟）

また事件かと慣れっこのテレビ見る（沼津市・川村紫水）

初めてのピアス中年ときめかす（裾野市・野田友子）

何か変ミニからのぞく体操着（浜松市・引野ふみ子）

減反に花一杯の村おこし（静岡市・土屋のり子）

宇宙への夢ふくらます虹の橋（島田市・山口英男）

バレンタイン老婦密かにチョコを買い（浜岡町・鈴木正治）

勝ち組と小学生が言う時代（清水市・今井忠雄）

世相

テロップがお急ぎらしい事のよう（雄踏町・為永義郎）

菓子折の底にあるかも知れぬ罠（焼津市・那須野美枝）

返礼に迷う世の中豊かすぎ（焼津市・山岸志保）

親も子も諭したまえや鬼子母神（熱海市・竹内静香）

降る星を消してしまった都会の灯（静岡市・山田水車）

枯れてますひとの心も庭の木も（富士市・廣谷由美）

着道楽ブランド着ても老いていく（袋井市・大岡喜久男）

夢いっぱい子供が創るビオトープ（静岡市・望月邦昭）

ガリレオも月に行くとは思うまい（静岡市・土屋勝平）

ダイエット理解出来ない飢餓の国（焼津市・駒井多佳）

世相

ママパート子は塾通い友も増え（静岡市・石川きやう）

人生・日常

野次馬という最高の評論家
（焼津市・高瀬輝男）

命さえあればもとより無一文
（藤枝市・興津嵐坊）

秒針がカチリすべてを過去にする
（焼津市・高瀬輝男）

日常

持つ持たぬ傘に思案の空模様（藤枝市・村越富雄）

ストレスを明るい街に捨てにいく（浜松市・間宮政子）

ストレスを捨てて自然のいい笑顔（浜北市・中村志め子）

ほのぼのとストレス溶かす囲炉裏端（浅羽町・下山好治）

無い袖をすぐ振りたがるお人好し（豊田町・鈴木浩子）

野暮と粗野押し除けているいい知性（静岡市・新井時枝）

今日中にみがいておこう明日の面（土肥町・佐藤灯人）

下町の情け行き交う裏通り（清水市・稲葉剛一）

衣食住足りて薄れる人情味（静岡市・佐田好凡）

座禅して居眠りをする几帳面（静岡市・尾形青嶺）

日常

目を閉じてかすかに残る夢が好き（静岡市・望月満月）
苦労性あちこち扉あけている（静岡市・田中喜久枝）
いつまでも付いて来るなよ貧乏神（浜北市・伊藤益男）
ため息を呼吸に変えるタイミング（島田市・天野典子）
溜息が心の隙間広くする（静岡市・森島治長）
ふっ切ればこんなに走るペンの先（浅羽町・金原好子）
口べたが決まり文句の思いやり（浜松市・古山千代子）
投げやりの言葉の裏にある期待（静岡市・長谷川伍郎）
破れ寺に狐狸を集めて法を説き（藤枝市・興津嵐坊）
ばんたびはラッキーのない宝くじ（藤枝市・川口亘）

日常

宝くじ十万分の夢に賭け（静岡市・松下辰男）

宝くじ夢で終わった五十年（細江町・竹中朝子）

宝くじ微笑み給えイエス様（静岡市・山本智子）

反論を丸く言わせる年の功（清水市・後藤尚夫）

丸呑みの知識出番にうろたえる（袋井市・安間孤舟）

妥協して白には遠い胸の内（浅羽町・金原好子）

点滅器一二三と歩調とる（焼津市・山本重人）

人情を盛った小皿の喋りすぎ（静岡市・柳澤平四朗）

一歩引く自分の視野が見えてくる（静岡市・田中喜久枝）

一言が多すぎる時足らぬ時（浅羽町・松川幸子）

日常

雑談の中で本音が呼吸する（浅羽町・武田粋魚）

口出せばすぐ役が来るから無口（浜松市・仙石弘子）

苦労した人だと思う聞き上手（浜北市・中村志め子）

噛み合わぬ話小骨も飲みこませ（静岡市・山本和代）

お茶漬けで良いお茶漬けに手間をくう（清水市・平井みつ子）

鬼になり仏になって夕焼ける（浜松市・鈴木すみ子）

向き合えばまんざらでない茶をすする（浜北市・安田豊子）

言い訳はよそう明日へ目を向ける（静岡市・岡部誓子）

輪の中で幸せ色の糸を繰る（静岡市・小野田彰代）

ポケットの塵を払って日をたたむ（浜北市・平野升）

日常

朝夕の心を洗う火打ち石（浜北市・野中のぶ子）

人間を信じないから鍵がいる（焼津市・岡村廣司）

末席の意見は小さな渦で消え（浜北市・吉岡ゆき）

アドリブの皿に本音を盛ってみる（浅羽町・松川幸子）

飄々と風が落としてゆくコント（浜北市・吉岡ゆき）

百体の地蔵に百の笑みを見る（浜北市・大谷あき）

千年の法灯に笑む釈迦如来（静岡市・上杉苑子）

さまざまに五百羅漢も春支度（竜洋町・三輪馨）

安穏の日々へ風待つ風車（浅羽町・下山好治）

田舎では思い及ばぬビルの風（浜松市・伊藤博）

日常

寄付金の依頼のたより誤字で着く（富士市・渡辺敬二）

ジャンケンのハサミに負けた手が綺麗（静岡市・石田菊次郎）

場違いの席で自分を見失う（浜北市・安田豊子）

乾杯の手にたよりない紙コップ（静岡市・池谷喜代子）

おみくじの吉に今年を任せてる（相良町・飯塚つじ）

欲張らぬお金がいつもそばに居る（静岡市・上杉苑子）

逃げるほど追いかけてくる人の口（静岡市・深沢たつ代）

生きる知恵遊び心と同居する（引佐町・宮田奈穂子）

底抜けに明るい女性で敵持たず（袋井市・高橋春江）

女だから被害者にされ無念です（浜北市・谷高夫美子）

日常

雑談に俄然元気が出る女（天竜市・市川正子）

台所に立つと女の知恵が湧く（清水市・岩田明美）

本物をついでに覗くウィンドウ（静岡市・浅井君枝）

涙腺のもろい女の影法師（静岡市・望月泉）

泣きぬれる度に女は強くなる（浜北市・松野はな）

女一人生きて火の中水の中（浅羽町・岡本絹絵）

着ぶくれた姿も悲しシルエット（浜北市・南沢敬子）

空腹に又乗ってみる台秤（清水市・兼子米子）

好き嫌いあって丸々太ってる（静岡市・村松周二）

太ってもいいわ焼き芋抱え込む（焼津市・川合香蘭）

日常

謎解いて真実一つ手に残り（静岡市・佐藤多美江）

辞書引いてそーれごらんと黙らせる（清水市・伏見久江）

薔薇の字へルーペ寄せたり離したり（清水市・伏見久江）

友達に皆んななりたいドラえもん（焼津市・増田久子）

ローソクの長さで幸せが揺れる（静岡市・小林こうこ）

朝早を威勢がはねる魚市場（静岡市・田形みち子）

背伸びする私に妥協しない影（沼津市・川合静香）

お互いに気負い過ぎてる自尊心（静岡市・柿島佳江）

なまいきな影だ私の前をゆく（静岡市・小林こうこ）

玉子にも目鼻ありそうそっと割る（沼津市・市川昭子）

日常

八起き目へ風が口笛吹いてくる　（静岡市・石田菊次郎）

八起き目のほこり払って生きてます　（沼津市・藤井初恵）

八起き目のダルマがくれた現の幸　（袋井市・高橋春江）

七転び八起きで刻む顔の皺　（清水市・池田ちよ）

賽銭を気張る欲得見えがくれ　（清水市・兼子米子）

お陰様言える心の橋渡し　（静岡市・山本らくゑ）

半額で買ったブラウス寸足らず　（静岡市・壇洋子）

腹立ちを抑えてのぞくコンパクト　（沼津市・川合静香）

嘘つけずのらりくらりとリンゴ剝く　（焼津市・加藤順風）

火事現場見てきて不平不満消え　（沼津市・栗崎弘）

日常

人様の難儀二階で見る火事場（静岡市・寺田志づ江）

やめました自前のタバコやめました（沼津市・池麗子）

耳寄りな話に耳が寄ってくる（静岡市・伏見芳笎）

都合いい耳が気楽に生きている（沼津市・吉村公江）

足音に背中を全部耳にする（沼津市・下山節子）

雲行きを察して話題そっと変え（静岡市・服部哲雄）

低気圧襖のすべり速いこと（沼津市・成川倭文子）

指先が忘れていない宛名書く（静岡市・尾形時栄）

指先にごまかされてる隠し芸（静岡市・佐藤春江）

濡れ衣を晴らす言葉のむずかしさ（焼津市・甲賀微風）

日常

貸した金催促するに要る勇気（静岡市・佐田好凡）

見入るのみ何と読むのか書道展（沼津市・長嶋民夫）

色っぽい平仮名に酔う書道展（浜松市・島友造）

茶柱は心の中に立てていた（沼津市・新井こと）

冷蔵庫暮れの重量腹につめ（清水市・朝比奈久子）

点眼に要らぬ大きな口をあけ（浜北市・鈴木幹子）

寄せ鍋に遊び心も入れておく（沼津市・林珠枝）

幸せな鍬で明日を掘り起こす（浅羽町・松川幸子）

言葉では埋まらぬ溝がきしみだす（浜松市・浅井つね坊）

少し嘘混ぜてピエロになってやり（沼津市・久保田せつ子）

日常

サングラス外して笑う知った顔（豊田町・清水帆波）

天災を嘆き人災腹を立て（沼津市・露木一然）

吸い殻を捨てる良心まで捨てる（福田町・大石徳治）

末席に居ればみんなの顔が見え（沼津市・片岡保）

当てた子に代わり現金つかみ取り（清水市・兼子米子）

うたた寝へ瞑想と書く速記嬢（静岡市・柳田敏朗）

春うらら脱いだ上着をつい忘れ（静岡市・寺澤幸子）

表札を誇らしく見る子の新居（静岡市・小川たに子）

一日の思いを語る鍋が煮え（静岡市・前島ふみ）

苺狩り兼ねて出掛ける墓参り（静岡市・大石多知子）

日常

躓いた小さな石へ八つ当たり（静岡市・藁澤いせ子）

躓いた石に意外と情移り（静岡市・森きん）

口車気安く乗って高くつき（三島市・土屋順平）

サクラとは知らず手が出た露店市（静岡市・朝羽綾子）

半分は飲んでみようか誘い水（静岡市・岡部ふく代）

耳寄りな話人生躓かせ（静岡市・古杉芙沙）

だまされて一つ覚えた裏の道（清水市・稲葉剛一）

ご近所の出来事ものる夜の膳（静岡市・望月正八）

オカリナで孤独男の吹く音色（袋井市・大杉孝一）

正面を向いて下さい福の神（静岡市・小野田彰代）

日常

よく聞けば蛇口の水漏れ唄ってる（賀茂村・山本珠江）

あの果ての何処まで照らす島灯台（富士市・細川栄子）

よそ行きの笑顔鏡に教えられ（富士市・望月宗重）

欲張った散歩往路に悔いる帰路（浜北市・鈴木新次）

価値観の違いが歩幅広くさせ（浜松市・浅井つね坊）

本心を包む風呂敷ほどけそう（静岡市・天野房江）

あるはずの答えを探す家の中（静岡市・天野房江）

方円の水にもあった自己主張（浜松市・仙石弘子）

ピカソ展青の世界が火花する（富士宮市・渥美弧秀）

周章ててものんびりしても二十四時（藤枝市・吉野信子）

日常

大げさに呼ばれた程でない用事（清水市・今川菊江）

悲しみを世風に載せない健康法（芝川町・風間俊子）

飲みこんだ言葉消化に手間がとれ（富士宮市・蛭川広子）

健康の歩行運動瘦せ我慢（浜松市・水野道子）

献立の一か八かが気に入られ（浜北市・須部かづ子）

とりとめのない話から拾う笑み（静岡市・加藤よし子）

演技では笑って孤独抱いている（袋井市・山本恭平）

嘘一つ隠した今日の胃の痛み（浅羽町・武田粋魚）

ややこしい道も通ってきた私（焼津市・那須野美枝）

シアワセッて退屈ですねお月様（静岡市・多田幹江）

人生

ダイエットしなくも財布いつも痩せ　（静岡市・青山節子）

買った物より古い物着てしまう　（島田市・伊藤太郎）

人生

若い日の汗が匂ってくる日記　（焼津市・佐藤耕雲）

兎に角も踊るしかない幕が開く　（浜北市・中村広志）

引き際を決めた心が凪いでくる　（袋井市・竹内帍吉）

人生をどう生きようと地に還り　（静岡市・岡部誓子）

なるようにしかならないと食い潰す　（浜北市・太田生枝）

また一人人生訓が消えてゆき　（静岡市・尾形青嶺）

生き方はプラスマイナスゼロでいい　（浅羽町・金原光江）

人生

妥協して泳ぐしかない雑魚の群れ（浜北市・竹内登志）

流されてみたら意外と心地よい（長泉町・荻田飛遊夢）

世渡りに気楽に泳ぐ雑魚でいる（浅羽町・渥美淳風）

風向きに巧みに泳ぐ雑魚でいる（浅羽町・武田粋魚）

追伸が多すぎ娑婆を捨てきれぬ（焼津市・高瀬輝男）

自分史に上流という枠がない（焼津市・増田冨士雄）

半分は運が味方の人生譜（袋井市・山田フサ子）

正解という生き方が身を縛る（袋井市・中村千絵）

鉛筆をまだまだ投げぬ未完成（浜北市・平野弁）

真っ直ぐに生き抜けという処方箋（浜北市・竹内さき）

人生

石の上三年経てば石がない（袋井市・木野清士）

人間を削ると愛の実が残る（浅羽町・松川多賀男）

不器用に生きてる人のさわやかさ（細江町・松井明子）

目をみはることにも慣れて丸く生き（静岡市・池谷喜代子）

新入りの金魚さんざんこづかれる（静岡市・山本とし子）

偉大とは男に乳房あるごとし（静岡市・平山虎竹堂）

手にしたら捨てたくなった鬼の首（静岡市・平井登）

終章もひけぬ財布の身が軽い（静岡市・望月鐘雄）

ゼロからの出発だからゼロでよし（静岡市・望月弘）

せくでなしせかぬでもなし流れ雲（藤枝市・興津嵐坊）

人生

短くも長生きするも見えぬ先 （静岡市・長谷川伍郎）
自画像へ脱皮の紅を落とす事 （静岡市・柳澤平四朗）
折り合ってゆける話術も年の功 （焼津市・甲賀微風）
返り道ようやく気付く行きの風 （島田市・天野典子）
どの道を行ってもケースバイケース （浅羽町・金原光江）
矢面に立つと味方も敵も増え （清水市・中村双葉）
愚痴みんな佛に告げて気を休め （浜北市・竹内須美）
まだ夢があるから靴を買い換える （浅羽町・渥美淳風）
もう少し欲をかきなと通夜の僧 （富士市・渡辺敬二）
花束に孤独を溶かす色を選る （静岡市・湯沢艶子）

人生

ひたすらの道だ答えはなくていい（磐田市・平野ふじ子）

まだ解けぬパズル一つを負うて生き（袋井市・竹内鬧吉）

もう少し刻をください実るまで（浜北市・吉岡ゆき）

剣が峰負け犬見事鬼と化す（焼津市・前原遠州）

据えかねる裁きを飲んで貝となり（静岡市・松野みちる）

幾星霜刻みし皺の処方箋（静岡市・望月泉）

人生を走り去る人歩く人（静岡市・中山かつえ）

うそ云えぬ男で生きて四面楚歌（沼津市・秋山みさお）

一匙の毒も盛れない皿でいる（浅羽町・金原光江）

歳月の波があなたの貌を彫る（浜北市・吉岡ゆき）

人生

みな他人筋書にない風ばかり（浅羽町・岡本絹絵）

必要とされて怠ける暇がない（浜北市・藤森フミコ）

辛口のジョーク遊びと聞くゆとり（沼津市・川合静香）

背伸びする私に妥協しない影（沼津市・川合静香）

雑踏の中に自分の明日を見る（沼津市・松井時子）

躓きの弾みで湧いた思慮一つ（沼津市・長嶋民夫）

年輪を刻んで男もの静か（御殿場市・勝又允子）

こころざし持った男の樹をゆする（沼津市・紅野さゆみ）

捨て切れぬものが絆を深くする（浜北市・鈴木澄子）

潔癖と言い張る嘘の口が透け（菊川町・鈴木六根）

人生

リハーサルない人生の浮き沈み（浅羽町・岡本絹絵）

キー下げて気楽に行こう人生譜（藤枝市・村越富雄）

スランプを抜けると風が匂い立つ（浜北市・鈴木澄子）

カウンセラー悩み持たない顔で聞き（沼津市・佐治揺葉）

心意気燃やして紅を引きなおす（静岡市・山本らくゑ）

翻弄をされる運命に逆らえず（静岡市・加藤よし子）

晒すだけ晒し裁きの時を待つ（浅羽町・金原光江）

羨望の目で雑草の粘り見る（沼津市・久保田せつ子）

まだ燃える火種と明日を語り合う（袋井市・中村千絵）

夢描き今日の角度を少し曲げ（静岡市・山下知足）

人生

ひと舞のときを残して支度おえ（沼津市・後藤や江子）

好きずきの色で仕上げた人の味（袋井市・青木あき子）

響かない脳をときどき振ってみる（静岡市・田中浩）

出生の秘密墓までお供する（清水市・堀場梨絵）

人生は霊安室でゼロになる（浜北市・中田尚）

逆境に出逢いやる気が奮い立つ（静岡市・寺田伸子）

生きてきた歴史を刻む黙示録（静岡市・寺田伸子）

後悔を先に立たせる智恵ほしい（吉田町・小原勇夫）

後追いの日記脚色されている（静岡市・大野栄通）

独立を云えば破門と罵られ（清水市・中村梅雪）

友・客人・隣人

程々の器でうまい水を飲む（浅羽町・松川多賀男）

遠回りした人生にある余韻（清水市・今川菊江）

あいさつは大人が先の人づくり（浜北市・坪井啓子）

三猿の教えを胸に暮らす知恵（静岡市・大島静乃）

ひたむきに生きた証の向こう傷（浜松市・島友造）

人生に親の口癖語り継ぐ（袋井市・永井きよ）

なべかこみもくもく食べるしずかだな（大仁町・杉本高志）〈東部養護学校高二〉

友・客人・隣人

猫に鈴つける役から輪がくずれ（藤枝市・片山きよし）

笛吹いて踊る仲間がいる強み（静岡市・海野未世）

友・客人・隣人

冗談で互いの本音読める仲（静岡市・森田しゅう）

恩人が来る日布団へ陽を吸わせ（函南町・江川ふみ子）

優しさとわかり素直に聞く意見（静岡市・浅井君枝）

お茶だけか菓子もつけるか迷う客（静岡市・服部哲雄）

よく弾む毬が隣の庭覗く（静岡市・清節子）

お隣の芝生我が家の起爆剤（静岡市・湯沢艶子）

面差しをしばし手繰って師を思い（焼津市・阿井かおる）

同窓会成績順に座が決まる（竜洋町・牧野亘宏）

病む友に便りに添えて梅の花（相良町・松下うめ）

モンタージュ似ていて近所うるさい目（静岡市・松永如水）

酒

歯車がぴったりあったいい仲間（浜北市・藤森フミコ）

雑談へ咲く友情の花もある（袋井市・溝口友二）

憧れの先生に逢う髪を染め（天竜市・市川正子）

客は先ずガーデニングを誉めてから（静岡市・大島静乃）

酒

酔えばすぐ猫から虎に変わる奴（藤枝市・村越富雄）

しなやかな酌に財布の有りったけ（浜北市・吉田辰次）

宴席を逃げる間合いがつかめない（清水市・倉橋宏）

居酒屋に天下の覇者が二三人（焼津市・青木四実）

アポイント無しで一升瓶が来る（静岡市・加藤鰹）

酒

素面では云えぬ相談酒を提げ（函南町・江川ふみ子）

頼み事めったに注がぬ酒が効き（浜北市・鈴木あさの）

下戸という彼にもあった隠し芸（静岡市・長谷川伍郎）

友あれば宿は二の次酒うまし（沼津市・鈴木言士）

天下取る銘酒に喉が音を立て（浜北市・大橋隆広）

酸欠の雑魚が浮かんでいる酒場（静岡市・加藤鰹）

入学のコンパ乙女が虎になり（焼津市・増田久子）

好きな酒やめたからだと冷やかされ（清水市・倉橋宏）

お土産はお酒ばかりと妻の愚痴（清水市・稲葉剛一）

腹割って話せる友を待つ地酒（浜松市・上原ひで子）

酒

ちょっといい話へ寄ってくるビール（土肥町・佐藤灯人）

有難いこと年金で酔ってます（清水市・後藤尚夫）

酒ほろろここは天国膝まくら（浜北市・竹内登志）

ストレスがみんな沈んでいくワイン（静岡市・内田悦子）

父さんの癖そのままの飲みっぷり（沼津市・塩﨑史子）

夫の酒減れば減ったで気がもめる（沼津市・松井時子）

酒なんかいつでも止める飲んでいる（浜松市・栗田林治）

晩酌を血圧計にそっと聞き（静岡市・望月正八）

居てやると置いてやるとで酌み交わす（浜松市・前田悦子）

酒飲みは嫌いと言って五十年（浜松市・藤波利子）

酒・望郷

大げさに相槌打たす金粉酒　（静岡市・山本金司）

お茶漬けでいいよと楽な二日酔い　（浜北市・伊藤洋子）

熱燗で今日のドラマを締めくくる　（袋井市・加藤文隆）

ロボットにお酌をされて酔う尺度　（袋井市・名倉やすゑ）

ほろ酔いも駅のホームへ来てさめる　（焼津市・堀場大鯉）

肩書きを外すとうまい酒になる　（菊川町・森野球磨）

望郷

ふるさとは高速道路土手の下　（富士市・府川順吉）

四十年消えぬ訛りを愛おしむ　（富士市・橋本昌子）

錆びついたブランコ過疎の花が散り　（浜北市・本沢学）

望郷

寂しくも村の母校がいつか消え（静岡市・前島ふみ）

出稼ぎへテレビは故郷の雪五尺（藤枝市・寺田柳京）

故郷に帰れば山のおおらかさ（静岡市・高田みずき）

ふる里も耳もだんだん遠くなり（浜北市・竹内須美）

国なまり消えて人情薄くなり（浜松市・馬渕よし子）

望郷にかられ夕日に立ちつくす（静岡市・伏見芳筅）

古里の風に会いたいいくさ傷（浜松市・島友造）

水平線故郷を偲ぶ時に見る（浜松市・柴田修）

旅

旅

藍染めにピアスも揺れる匠宿（静岡市・松原テイ子）
湯けむりの宿はゆったり冬の朝（袋井市・永井とよ）
海道に来ると昔が見えてくる（沼津市・植松静河）
家中にメモ貼り付けて母の旅（静岡市・林二三子）
あてもない旅で出会いが楽しませ（袋井市・柳沢ゆき子）
上げ底の旅の土産へ腹が立ち（静岡市・鈴木清枝）
箸割って杉の香やさし京の旅（静岡市・増田扶美）
ガイド役買って出た子は無一文（浜北市・村松藤子）

若者・成人式・受験・しつけ

一票を胸算用の式が荒れ

（静岡市・鈴木清枝）

若者・十七歳

手作りの味を知らない子がキレる（焼津市・川合香蘭）

溺れる子助け若者名も告げず（静岡市・鈴木清枝）

十七で特攻に散った友もある（富士市・鈴木三朗）

樹を揺する十七歳へ尖る風（静岡市・柳澤平四朗）

キレました十七歳は時の人（榛原町・尾崎敞）

十七歳歪む神話の影に棲む（静岡市・筒井志津江）

揺れ動く十七歳の世紀末（焼津市・大塚裕美子）

二〇〇〇年十七歳が締めくくり（静岡市・斉藤郁子）

春来るあせるな我が子冬ごもり（沼津市・杉山ひとみ）

乳母日傘世の荒波に投げ出され（清水市・堀場梨絵）

若者・十七歳

神様もカカトの高さ目をみはり（静岡市・青島実）
ノーヘルの暴走音が耳に慣れ（大仁町・岸英子）
青い鳥症候群がまだ独り（浜松市・八木裕子）
ムカツクと俺が言いたい十六歳（清水市・花井しげる）
狂ったは十七歳か世の中か（島田市・植田昭二）
親のエゴ期待する程子はすねる（静岡市・森きん）
無躾のままで大人へ脱皮する（御殿場市・瀬戸進）
十七に少年法が甘く見え（天竜市・斉藤賢人）
厚底で踏む誘惑の薄氷（藤枝市・相馬祥乃）
夢食べて少年雲にあこがれる（浜松市・島香代）

成人式

挨拶もできないうちに社会人（清水市・白鳥友哉）

オール5の知恵おそろしい刃物研ぐ（浜北市・中田尚）

生かされるより生きていく意地っ張り（静岡市・神宮字徳子）

青春の鼓動に麦の寸二寸（静岡市・村田邑路）

少年へ気概戻した凩の鞭（浜松市・砂山澄恵）

それとなく十七歳に目をそむけ（静岡市・鈴木清枝）

成人式

祝日に情けない日ができました（森町・清水正彦）

わがままを二十歳の式が加速させ（福田町・市川正美）

新成人ニュースの的に矢を放ち（清水市・朝比奈久子）

受験・学校

顔名前出され成人式終わる（大東町・松本智江）

成人の金髪茶髪厚化粧（沼津市・郡司実佐子）

親離れ成人式は待っていた（吉田町・三階松誠次）

成人のこの娘が風呂で抱いた孫（島田市・中道修）

祝いたい成人式でお説教（浜北市・池沼健）

成人の子に我がビール数が減り（藤枝市・山下かな恵）

新成人麦踏みの時期手を抜かれ（袋井市・長谷川くに子）

子も二十歳車買ってと脅かされ（袋井市・鈴木智恵子）

受験・学校

子の夢と親の期待のありったけ（浜北市・野中のぶ子）

受験・学校

受験番号地蔵様にも言っておく（静岡市・小林こうこ）

相談もなく志望校決めてくる（静岡市・村松周二）

どこだっていいさ受かれば志望校（静岡市・牧野圭太郎）

プライドが子に押しつける志望校（静岡市・松永ときわ）

志望校子の夢こわす親の見栄（清水市・和田富有）

どの絵馬に神は白羽をたてるやら（静岡市・土屋のり子）

何処でも良い四年遊べと送り出す（浜北市・太田生枝）

職のない卒業祝い出しあぐね（清水市・後藤尚夫）

大学を受ける前から部屋選び（榛原町・柴本俊史）

教室の机も椅子もせんそうだ（静岡市・石川重尾）

しつけ・教育

とけいがね止まればつづく夏休み（島田市・戸田絢・小4）

しつけ・教育

伸びる芽へ詳細問わず水をやる（静岡市・石田菊次郎）

アメとムチさてと思案の匙加減（沼津市・飯田玲子）

親のエゴ重たすぎてるランドセル（浜北市・鈴木幹子）

期待もし逆風も受け子は巣立つ（静岡市・田中喜久枝）

お地蔵になむなむをする花童（沼津市・下山節子）

師の向きが生徒の向きを変えていく（浜北市・吉田辰次）

直ぐ鬼になれる言葉が見つからん（静岡市・石田菊次郎）

子には子の行く道もあり親ばなれ（袋井市・安間孤舟）

しつけ・教育

拝む子にいじめなどない初日の出（静岡市・海野未世）

肩車未来を見せる明日見せる（土肥町・佐藤灯人）

聞けぬ子に心を開く耳を貸し（静岡市・尾形青嶺）

子と遊ぶ紙風船は虹の彩（袋井市・新貝里々子）

子育てが苦手な親の放し飼い（沼津市・柴田博史）

押さえ処問い間違えた子が背き（沼津市・杉山時枝）

溺愛が裏目になった反抗期（静岡市・佐田好凡）

孝行を教科に載せてニューメディア（静岡市・金田政次郎）

健康は親へ立派な恩返し（焼津市・村田留美子）

あいさつができて明るい人づくり（浜北市・坪井啓子）

しつけ・教育

突っ張りを諭す父にも過去があり（静岡市・柳田敏朗）

子の悪事大人社会が種を蒔き（清水市・中田新兵衛）

事件・事故・環境

警察とお医者かしらの下げ比べ

（静岡市・青島実）

事件・事故

札束を渡すと嘘が通り抜け（袋井市・安間孤舟）

線路から倭人を救う心意気（静岡市・中安敏郎）

起立礼政治家医者に警察官（富士市・藤井恵美子）

血税で買われたのかと馬が問い（菊川町・渡辺早苗）

機密費の行方は馬が知っていた（焼津市・堀場大鯉）

国民を騙し機密費馬に化け（焼津市・山本友香）

爪に火を灯した税で馬も肥え（藤枝市・相馬祥乃）

外務省また税金が馬に化け（静岡市・永田延男）

国の金たっぷりとって馬を買う（沼津市・真部たけ子）

大鯨尾ひれで鰹たたきつけ（静岡市・市川重雄）

事件・事故

原潜をレジャーボートにする油断（浜松市・岡田史郎）

ハワイ沖行方不明の海が澄み（御殿場市・勝又薫）

JAPならまあいいかなと急浮上（静岡市・望月吉信）

ハワイ沖科学の粋も役立たず（浜松市・豊田江二郎）

捏造で独り歩きの古代土器（焼津市・堀田しのぶ）

発掘にロマン求めて裏切られ（浜松市・野澤玲子）

劇団とKSDの勘違い（浜北市・袴田信子）

抗争の巻き添えに遭う流れ弾（静岡市・村松周二）

病院で殺されました医療ミス（静岡市・榊原いし）

信頼が本音に欲しい医療ミス（細江町・鈴木ひろし）

事件・事故

点滴に白衣の神話汚される（浜松市・前田悦子）

同意よりまず医者が書く誓約書（静岡市・鈴木さ江子）

医療ミス医者に行くのが怖くなり（島田市・植田昭二）

保険より誤診の方が銭がとれ（静岡市・鈴木さ江子）

繁栄に事故と汚職がまといつき（焼津市・駒井多佳）

シュレッダー疑惑の種をミジン切り（浜松市・山本正子）

世の乱れ物や命がとりとられ（三島市・土屋とめこ）

見えすいた筋書聞いて出る欠伸（焼津市・佐藤耕雲）

つまみ食い一生棒の鉄格子（磐田市・鈴木博）

解体のビル風評の埃り立つ（静岡市・山田迷泡）

環境

ニアミスの空にもほしい信号機（静岡市・島津勝）
移る世も大人のモラル汚す記事（静岡市・筒井志津江）

環境

人間の我が侭食べて病む地球（浜松市・鈴木オサム）
ふる里は都会のゴミを捨てる場所（浜松市・中村薩代）
震度五の秘密を聴いた口渇く（袋井市・井口薫）
温暖化地球丸ごとヤケドする（沼津市・小池孝）
防災はまだ見ぬ敵と向かい合う（藤枝市・川口亘）
森羅万象人がのさばり過ぎないか（静岡市・柴田亀重）
利便さが孫子の地球残す汚点（藤枝市・片山花々子）

政治・経済

居眠っていてもヒナ壇税を喰い

（沼津市・加藤喜一）

政治

国会の議場で見せた大道芸（焼津市・小林鏡一）

百年の計へ無能な永田町（静岡市・榊原いし）

呼び名変えお役所仕事何変わる（浜松市・山下鴻）

しきたりを教えるように折る名刺（静岡市・青島実）

金まみれ政治が悪い世を作り（御殿場市・鈴木かづ江）

いつの世も議員汚職で幕が開き（清水市・望月敬子）

矢面に立てた秘書では間に合わず（金谷町・北川志津子）

アーウーの総理の覇気がなつかしい（浜松市・杉本くにお）

矢印のお膳がすわる天下り（浜北市・野中のぶ子）

旧の字がとれて派閥は元のまま（浜松市・山下恵子）

政治

大臣を決める派閥のにらめっこ（富士川町・芦川由希子）

すげ替えるだけの組閣に興も失せ（清水市・岩田より）

七光り貰って見たが荷が重い（静岡市・小石川甚太郎）

転んでもただは起きない天下り（沼津市・柴田亀重）

国民よだまらっしゃいと飲んで食い（清水市・山本智恵）

官僚の汚れた両手誰が拭く（焼津市・志村由季）

法律を学び抜け道まで覚え（静岡市・杉山貞一）

大臣に美女議事堂の風ぬるむ（金谷町・北川志津子）

淀殿が見え隠れする女知事（静岡市・尾崎好子）

料亭で骨組みできる審議案（静岡市・遠藤木犀）

政治

次は何失言待ってる報道陣（浜岡町・鈴木正治）

日本国大泥小泥大手振り（浜松市・石黒福芳）

金バッジ詐欺横領の世の乱れ（浜北市・村松藤子）

補助金を党費に変えて金バッジ（静岡市・佐々木栄夫）

おかしいな森林保護が公害に（菊川町・渡辺惣太）

血税をおざなりに組む予算案（浜松市・古山千代子）

落選のポスター塀でまだ笑い（静岡市・杉山貞一）

落選のビラの笑顔に雨しきり（沼津市・鈴木言士）

ゴアブッシュいらだつ票の紙一重（浜北市・大橋隆広）

フロリダは天下をきめる羽目になり（静岡市・杉山秀夫）

政治

選挙戦握手の数もとれぬ票（静岡市・中西雅）

なぜだろう後味悪し多数決（島田市・森下勇）

無党派が日本を変える新世紀（富士市・鈴木三朗）

天下国家論ずる女性増え始め（浜北市・谷髙夫美子）

改革を叫べばどなたも一人前（大須賀町・山下富雄）

振り回すビジョンを笑うカタカナ語（静岡市・金田政次郎）

基地の是非環境白書ショートする（静岡市・金田政次郎）

政治家でない凡人が世を憂い（沼津市・柴田亀重）

掛け違うボタンで過ごす保守革新（藤枝市・川本笑草）

談合が拗れない腹探られる（相良町・松下うめ）

政治・経済もろもろ

国民は見てる聞いてる知っている（浜松市・森川勝平）

異議ありと曲がった釘をまた曲げる（静岡市・永田延男）

看板替え改革終わるいいお国（浜松市・山下恵子）

税金で俺も飲み食いしてみたい（天竜市・宮澤正人）

言い訳のなかに政策見えかくれ（磐田市・宮木まさみ）

農政に過ち見える平和ボケ（浜松市・鈴木要一）

経済もろもろ

井戸端で花もしぼんだ不況風（静岡市・山本和代）

満期での楽しみがない低金利（沼津市・岩城英雄）

不景気へ派手なチラシの数がふえ（浜松市・川合廣）

経済もろもろ

株安へ消費の弱さつきまとい（清水市・岩田より）

倒産の余波が家族の和を乱し（浜北市・竹内登志）

好景気期待する程悪くなり（藤枝市・井原昇次）

低金利言い訳にして貯金なし（三島市・石崎章五）

ためいきをついて記帳の低金利（浜北市・竹内須美）

光らずに式部はタンスの奥に住み（静岡市・土屋勝平）

家計簿が今日も見ている膨れ顔（清水市・望月敬子）

申告は妻の手腕の泣き落とし（静岡市・遠藤木犀）

脱税と言わず申告漏れと言い（藤枝市・山崎太郎）

申告時領収無きは機密費に（清水市・松井照代）

経済もろもろ

政争に期待外れの株の冷え（静岡市・藤波昇）
成長の夢追う癖が治らない（大須賀町・山下富雄）
連帯の怖さを知った保証印（藤枝市・森本創志）
終身保険受取人の名前変え（浜松市・松井千種）
菜園の見張りまでする野菜高（沼津市・渡辺周明）
どこか変美田荒らして米を買い（袋井市・鈴木義一）
掘り返す道路工事の年度末（静岡市・笠井朝子）
図に乗った株が思惑から外れ（大井川町・岩ヶ谷詩楽）
不景気はどこかの国かゴミの山（浜北市・片桐久三郎）
不況風どこ吹く成田今日も込み（袋井市・鈴木千代）

夫婦・結婚・恋愛

女房に惚れてる中は無事な日々
（藤枝市・飯塚柳志）

頼りたくないが女房の頼り甲斐
（藤枝市・山崎太郎）

夫婦

来世でも言って欲しいなついて来い（静岡市・杓谷三矢子）

亭主なら聞く他はなし妻の愚痴（焼津市・岡村廣司）

荷崩れのカタチのままでまだ夫婦（静岡市・石川重尾）

いつからか靴も磨かず見送らず（浜松市・南裕次郎）

ひとつずつ乗り越えてきた二人旅（沼津市・秋山みさお）

女房という監督がいて元気（清水市・山本八朗）

片方の乳房があなたあいてます（藤枝市・山崎太郎）

呼んでみて居れば居たかと素っ気ない（清水市・岩田明美）

正直な夫婦どちらも嘘が下手（浅羽町・溝口友二）

蛇口から吐息洩れてる渇水期（静岡市・寺田伸子）

夫婦

無期限の愛を分け合う夫婦箸（袋井市・中村千絵）

ヤジロベー似た者夫婦の箸二膳（浜北市・南沢敬子）

原点にかえって洗う箸二膳（袋井市・新貝里々子）

古ぼけた夫婦茶碗に手の温み（沼津市・原田清一）

口げんか黙って差し出す夫婦椀（静岡市・八木益代）

巡り合いこれでよかった共白髪（浜松市・鈴木要一）

遠い耳笑って済ます共白髪（静岡市・山梨とみ子）

行き止まり鈍く輝く古女房（静岡市・松野みちる）

愛されてつくす意欲に燃える日々（浜北市・中村志め子）

尽くすだけつくして見える一縷の灯（静岡市・岡部誓子）

夫婦

五分五分で支え合いつつ夫婦船（静岡市・曽根由恵）

二人なら力合わせて越す苦楽（静岡市・佐野いさ）

ときめきもボヤキも詩に共白髪（焼津市・遠藤松絵）

目が合えば事足る夫婦陽が包み（島田市・鈴木まつ子）

幸せと思う炬燵の差し向かい（島田市・中道修）

降りかかる火の粉を払う夫婦船（静岡市・寺田喜之助）

散歩する歩幅気遣う影二つ（浜松市・今田久帆）

ふり返る夫を待たす紅葉狩り（浜松市・藤波利子）

貞淑な妻ある日から強くなり（静岡市・遠山風蘭）

別に無い不満が妻をもてあまし（菊川町・鈴木訓子）

夫婦

枯菊を焼く香に妻が生きている（袋井市・山本恭平）

死に水をとるのはどっち仲がいい（清水市・兼子米子）

しきたりもいいがと冷めた若夫婦（静岡市・神宮字徳子）

ストレスを知らない妻でよく笑い（静岡市・大石多知子）

結び目を確かめ走る折り返し（浜北市・岩崎けい）

お互いを染めて夫婦の旅はるか（浜北市・鈴木澄子）

人の字のつっかい棒に妻がいる（浜松市・南裕次郎）

家事をして留守番亭主襷がけ（静岡市・森田安心）

引き受けてきた軽率へ妻出掛け（浜松市・南裕次郎）

五十年泣いて笑って妻達者（静岡市・早川明）

恋愛

老妻の居る幸せよ干し布団（静岡市・良知茂男）

妻病んで雲流れゆく一人旅（静岡市・柳博）

すきま風小さな嘘で目張りする（菊川町・森野球磨）

思いやり忘れなければまだ夫婦（富士市・戸塚ひとみ）

恋愛

さよならの涙のみ込む蒼い夜（掛川市・森下居久美）

そして春うわさの二人別れます（土肥町・佐藤灯人）

愛の的瞬間の矢が決まらない（袋井市・竹内竹子）

暖めた言葉渡さず胸に秘め（沼津市・成川倭文子）

ほだされる愛の扉は少しずつ（静岡市・村田邑路）

結婚

釦掛け忘れたような片思い（島田市・森下勇）

偶像と知らず射止めた有頂天（藤枝市・寺田柳京）

黒髪をショートにした日旅に出る（静岡市・長尾侍）

メロドラマ心くすぐるすれ違い（静岡市・岩田優）

初恋の人に会いたい演歌の夜（三島市・小出とよ子）

結婚

腹の子が結婚式の日取り決め（富士市・望月宗重）

ハネムーンちょっと月まで出掛けます（清水市・鈴木田鶴子）

盃を新婦のほうがうまく干し（菊川町・鈴木訓子）

指折って待つ白無垢の日本晴れ（静岡市・山本和代）

結婚・男と女

白無垢で貴方の染めを待ってます（藤枝市・飯塚柳志）

子の年が寡婦に重荷の適齢期（浜松市・近藤昌代）

お祝辞の手にしのばせたメモが落ち（浜松市・米田隆）

ときめきを遙か遠くに置き忘れ（浜松市・近藤昌代）

新婚の親孝行は里帰り（浜松市・水野友博）

男と女

白魚の指からませて火を浴びる（静岡市・曽根田志げる）

禁断の木の実が胸で加熱する（沼津市・秋山みさお）

残り火を大事に潜り雪女（沼津市・新井こと）

憎い人涼しい顔で通り過ぎ（沼津市・塩﨑史子）

男と女

煩悩を諭し諭され行く愛よ（静岡市・山本らくゑ）

水際の未練の石はいつ乾く（静岡市・村田邑路）

またチャンス逃す男の迷い箸（静岡市・加藤鰹）

妥協する時を知ってる花と蝶（静岡市・良知茂男）

再会の割り符の一つ持って生き（焼津市・押尾みつ子）

約束の場所には来ない枯葉舞う（静岡市・藤波昇）

あの時の口に出せない未練追う（静岡市・望月千代子）

老い

静脈が浮き出て見える日の孤独
（焼津市・志村由季）

のんびりとさせて貰って呆けてくる
（浜松市・間宮政子）

元気ですまだ病院へ通えます
（藤枝市・片山きよし）

老い

不足ない齢でぽっくり羨まれ（沼津市・露木一然）

ポックリと逝って惜しまれ羨まれ（藤枝市・菊川信男）

段々にたまげた話うとくなる（藤枝市・川口亘）

楢山に冷たい風が吹くばかり（浜松市・鈴木泰舟）

捨てるもの捨てると老いが褪せてくる（静岡市・柳澤平四朗）

人の名が忘れた頃にやっと出る（静岡市・石川道子）

ねんぶつの鉦を鳴らしてボケが来る（静岡市・石川重尾）

人に世話かからぬように祈る日々（静岡市・佐野いさ）

マジボケじゃないと言いつつ置き忘れ（浜松市・加藤たつ子）

老いて子に従いすぎて気がゆるみ（焼津市・大橋若松）

老い

世の進み余生の知恵が追い付かず（焼津市・前原遠州）

愛もって咲かせる花にある余生（静岡市・松永如水）

ロボットに老後を託す世知辛さ（静岡市・佐野由利子）

ローンでも買えぬ若さと健康美（浜北市・鈴木あさの）

健康へ素直に真似る一万歩（御殿場市・瀬戸進）

老いてなお都々逸唸る渋い喉（清水市・和田富有）

したたかに生きてよく食べよく笑い（島田市・中道修）

食い意地は健康印おだてられ（静岡市・田中浩）

年寄りを訳に無沙汰の種にする（藤枝市・川口亘）

忘れるも技術が要ると負け惜しみ（清水市・増田あや子）

老い

天運に感謝の余生日々があり（清水市・鈴木湧泉）

おおらかに余生を諭す針の音（菊川町・鈴木六根）

恍惚の人にもなれずいる憂き世（浜松市・仙石弘子）

まだ生きるつもりの五年日記買い（静岡市・斉藤郁子）

補聴器に生きる幸せ教えられ（静岡市・森きん）

補聴器のおかげで拾う開店日（沼津市・後藤和一）

高齢の椅子へ年輪風化する（袋井市・黒田一枝）

天災が老いの余生を切り刻む（浜北市・竹内登志）

高齢化婦唱夫随で生きている（藤枝市・川本笑草）

お年玉子供にもらう年になり（藤枝市・吉田節子）

老い

老い拾い若きが捨てる世が悲し（藤枝市・兵庫文男）

することがありそうでない老いの暮れ（静岡市・杉山秀夫）

老いの日々昨日と昔入り混じり（焼津市・佐藤耕雲）

三日月に今日の怠惰を責められる（静岡市・松原テイ子）

安心が増えると寿命もついてくる（静岡市・堀井美弥）

さりげない言葉一つに和む日々（浜松市・古山千代子）

喜寿はまだ老いとは言わぬ長寿国（静岡市・田形みち子）

八十路まで夢のドラマを毀すまい（焼津市・橋ヶ谷知加）

一年の落差こたえる喜寿となり（浜松市・石黒福芳）

物忘れ指が献茶を吟味する（沼津市・長嶋恭）

老い

家族にも見放されてる物忘れ（静岡市・寺澤幸子）

へそくりの置き場所忘れ大掃除（蒲原町・磯部志満子）

しみじみと三猿を知る年となり（浜松市・嶋田さだ）

老木にまだ咲かせたい絵の具皿（静岡市・曽根田志げる）

誰にでも老い忘れたい時があり（沼津市・金子昭三）

かさかさと落ち葉の嘆き風に飛び（静岡市・良知茂男）

毎日がコピーのような老いの日々（浜北市・鈴木新次）

気持ちだけ年をとらない老い仲間（天城湯ケ島町・大川かゑ）

大声で挨拶までの人違い（浜松市・石黒福芳）

限りある生命へ今日も飲むくすり（袋井市・黒田一枝）

老い

生かされて生きて薬を飲む疲れ（浅羽町・武田粋魚）

鈍行と決めて余生の長い旅（静岡市・柳田敏朗）

明日がある老いのこの手で鍬を振る（袋井市・榛葉礼一）

年寄りの哀れを見せて我を通す（韮山町・野木正行）

強がって一人がいいと云ってみる（静岡市・田中周子）

自己中はゲートボールもはずされる（富士宮市・菅谷静雄）

物忘れ悟りも忘れ歳忘れ（韮山町・大倉ふじ江）

花を愛でゆとりある日の独り言（焼津市・橋ヶ谷知加）

振り向けばただ青春の地図なぞる（静岡市・佐藤多美江）

正直な鏡が憎い皺の数（静岡市・五光糸）

老い

持て余す余生どころかまだ稼ぎ（御殿場市・勝又正弘）

亡き親の齢なりつつ親を知る（磐田市・馬塚久代）

若作り隠しきれない夜目遠目（清水市・小林和枝）

湯が滾り塀越しに呼ぶ茶飲み友（相良町・飯塚つじ）

老い同士負けずに喋る過去のこと（富士市・村松良彦）

若き師に賢く老いる道学ぶ（相良町・飯塚つじ）

八十といえど気持ちは乙女なり（袋井市・高橋ちよ子）

悪事せず善いこともせず長生きす（沼津市・坂部ヨシ子）

誠実に生きて余生の昨日今日（浅羽町・朝比奈みの里）

ひとり居へ家族の愛が杖となる（浜松市・佐原小雪）

年金

限りない余生に心研ぎなおす（浜北市・村松小菊）

年金

年金を待つ一年が早く過ぎ（静岡市・中村正一）

年金で大盤振る舞いする米寿（富士宮市・岩田春美）

年金の家計簿愚痴も書き入れる（函南町・市川良子）

伸びていく寿命年金追いつかず（細江町・竹中友市）

スーパーと医者で年金みんな消え（藤枝市・高山喜代孝）

生き延びてまた年金の餅が喰え（菊川町・鈴木六根）

年金で介護保険の後を押し（袋井市・加藤利秋）

年金の足へ叱咤の万歩計（静岡市・山田水車）

病気・介護・死

病気・介護・死

病んでいる時には見える命の火　（浜松市・鈴木泰舟）

人間を輪切りに刻むレントゲン　（清水市・倉橋宏）

スタッフが天使に見えるデイサービス　（静岡市・杓谷三矢子）

医療費の通知の額にぶったまげ　（沼津市・諸星三四郎）

検診を終えて晴ればれよく喋る　（静岡市・湯沢艶子）

傷んだら五臓六腑もすぐに換え　（清水市・鈴木田鶴子）

八十の齢を先ず言う医者の口　（静岡市・中村正一）

三分粥いのち拾いへ煮こぼれる　（静岡市・筒井志津江）

大病が身辺整理決意させ　（静岡市・石上満子）

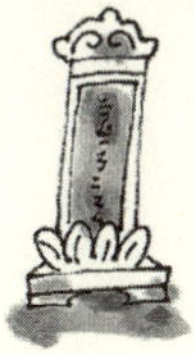

病気・介護・死

薬より趣味と運動処方され（菊川町・鈴木訓子）

予約とは名ばかり医者の待ち時間（静岡市・松永ときわ）

恙なく介護受けるも金次第（静岡市・永倉はな）

健康で元が取れない介護法（浜北市・谷髙和子）

介護料掛けて損して良い余生（川根町・森田祐次）

老いの身へ親の介護がのしかかる（浜松市・馬渕よし子）

親看ても子は看てくれぬ覚悟の世（松崎町・石田礼子）

老人の甘え許さぬ介護法（湖西市・松野基子）

独り居の木枯らし今日は誰が逝く（藤枝市・興津嵐坊）

ではまたね元気印は先に逝き（清水市・伊藤静枝）

病気・介護・死

病んでみて頼りはやはり妻一人（静岡市・鈴木正夫）

病院でＯＢ会が開けそう（沼津市・林珠枝）

リハビリの苦痛に耐えた今がある（沼津市・川崎虎雄）

仕事

朝刊を配る初老のニューフェイス
（沼津市・長嶋民夫）

サラリーマン

脇役のけじめをつけた作業服（静岡市・内田悦子）

上役の笑顔で旨い今日の昼（沼津市・後藤和一）

不景気をぼやきながらもまたゴルフ（静岡市・小林静男）

決断を下さぬ上司が生き残り（浜松市・土屋竹詩）

ゴマすりの差が出た五年同期生（浜松市・土屋竹詩）

肩書きはないが持ってる努力賞（浜松市・太田雪代）

おいみんな上司の歌が終わったぞ（富士市・渡辺敬二）

寿命より長いローンに尻押され（藤枝市・菊川信男）

意見言え言えばそのまま左遷され（藤枝市・片山きよし）

栄転はよいが家族と別れ旅（三島市・髙田時子）

リストラ・職安

過労死の誤算息抜くこと忘れ（清水市・中村双葉）

一枚の辞令で風に立ち向かう（静岡市・岡部ふく代）

変革はトップダウンの思いつき（清水市・今井忠雄）

メビウスの環が絡まった人事案（長泉町・荻田飛遊夢）

冷や汗のマイクそれほど聞いてない（富士市・渡辺敬二）

ヤケッパチカラオケだけが威勢良し（静岡市・伊藤泰史）

ワンマンな夫職場で借りた猫（長泉町・勝又とみ）

リストラ・職安

職安も鳥居もくぐってみたけれど（静岡市・杉山貞一）

ロボットもやがては首を洗われる（浜北市・片岡玉虫）

リストラ・職安

いつまでもあると思うな我が職場（三島市・石崎章五）

リストラが老いとローンを置いて発ち（静岡市・柳澤平四朗）

新聞を隅から隅へ読む無職（静岡市・杉山キミエ）

リストラが正義のように刎ねる首（沼津市・柴田亀重）

単純なミスで冥土へ飛ばされる（浜岡町・鈴木正治）

リストラの父は背中を持て余し（浜松市・清水桂子）

富士おろしハローワークは今日も込み（御殿場市・梶幸江）

不景気もリストラも行く空の旅（静岡市・山本智子）

職安と海外旅行のミスマッチ（静岡市・畑内憲三）

仕事・ボランティア

定年後引き算ばかり上手くなり（静岡市・新井泰）

定年の夫のシャツの糊落とす（袋井市・新貝里々子）

定年を女性もほしい家事雑事（静岡市・杉山和子）

ピンとした背筋が示す過去の地位（浜北市・伊藤益男）

退職の後まで今も課長さん（静岡市・鈴木正夫）

定年を過ぎて稲穂と土と生き（吉田町・松浦千代子）

仕事・ボランティア

貧乏の育ちエンジンまだ丈夫（焼津市・遠藤卯月）

根回しの汗を気遣う棒グラフ（浜北市・中村広志）

働けるこの幸せを汗が知り（沼津市・杉本勝男）

仕事・ボランティア

すり減った靴へ感謝の今日を終え（浜松市・馬渕よし子）

錆び付いた釘で果たしている使命（浜松市・柴田修）

ロボットと不況の風に立ち向かう（浜北市・竹内さき）

不景気が足を引っ張る帰り道（沼津市・溝口一貞）

足跡に花を咲かせたパイオニア（静岡市・曽根田志げる）

工事場の男の肌が塩をふく（浜松市・上原ひで子）

後継ぎがない豆腐屋の水の音（浜松市・島香代）

一仕事終えて湯船の一呼吸（浜北市・平野一二）

就職をあせらぬ娘あせる父（焼津市・山口秀夫）

商談が進むと椅子を引き寄せる（大井川町・岩ヶ谷詩楽）

仕事・ボランティア

手当無し仲間気が合い居る会社（浜北市・太田生枝）

肩書きを脱いで奉仕の汗をかき（静岡市・杉山キミエ）

奉仕する汗はキラキラ陽を弾く（清水市・中村双葉）

寸志だが社会へお礼ボランティア（焼津市・高瀬輝男）

道楽で百姓をやるいい身分（藤枝市・山崎時治郎）

月一度神社掃除で身を清め（三島市・土屋高幸）

休息の空に三時のミュージック（浜松市・鈴木要一）

失業者ふえるをよそに旅海外（静岡市・武田光延）

職退いて愛妻弁当なつかしむ（長泉町・木村秀樹）

夕焼けの空が労う野良仕事（掛川市・森下居久美）

仕事・ボランティア

田を守る汗が祖先の風に遇う（焼津市・増田富士雄）

農一途荒れたこの手をいとおしむ（焼津市・松下春江）

働ける幸せ土も暖かい（浅羽町・溝口友二）

遊びとも言えず出ていく農繁期（沼津市・成川倭文子）

大学は出たが名無しのフリーター（浜松市・滝田玲子）

新人類わたしの職はフリーター（静岡市・森田安心）

目標を日銭で失くすアルバイト（福田町・市川正美）

なりわいは大型店に吸い取られ（浜松市・嶋田さだ）

腕一本昔稼いだ針仕事（清水市・山梨八重）

天職と信じ紋縁畳刺す（袋井市・大石善彦）

趣味・芸能・スポーツ

いい根性してる二着で悔し泣き
（静岡市・村松周二）

リラックスせよと監督固くなり
（袋井市・鈴木勇）

趣味

プロ級になって趣味にも厚い壁（静岡市・新井時枝）

財ないが凡句ばかりが貯めてある（清水市・山本八朗）

八目の口うるさいのうるさいの（静岡市・青島実）

半分は他人が指したヘボ将棋（静岡市・佐田好凡）

五七五ポストの前で読み返し（浜松市・八木裕子）

ステージのライト言い訳などきかず（静岡市・橋爪光子）

美術館猫に小判もついてゆく（静岡市・中村正一）

碁敵の借りに予定が空けてある（雄踏町・為永義郎）

あれこれと趣味をあさって身に付かず（静岡市・八木益代）

壮快に憂さふっとばす水しぶき（静岡市・石川きやう）

芸能・スポーツ

趣味ひとつ余後のくらしへ火をつける（清水市・堀場梨絵）

作戦をペダルにこめて碁の集い（静岡市・田口象志）

趣味の道意欲ばかりが空回り（浜北市・桐畑い餘）

絵手紙を描けば心に灯が点り（静岡市・寺井恵子）

山行きを本気にさせた登山靴（静岡市・橋爪光子）

老残を燃やす根気を趣味がくれ（焼津市・遠藤卯月）

熟年のパワー多彩な趣味に燃え（静岡市・岡部ふく代）

余生なお趣味一筋の生きる糧（袋井市・鈴木よし）

芸能・スポーツ

タレントの離婚しなけりゃただの人（静岡市・設楽明浩）

芸能・スポーツ

新風を入れて民謡香り立ち（袋井市・小林寛子）

孫たちのサッカービデオ追いつけず（掛川市・本間孝治）

攻めること知って知らない守備の穴（藤枝市・飯塚柳志）

いい記録出せば日の丸背負わされ（富士市・望月宗重）

髭も好きイチローの夢僕の夢（静岡市・金田政次郎）

一本のバットでメジャー武者修行（浜松市・中村雅俊）

キーパーは孤塁の広さふと思い（藤枝市・山崎太郎）

カタカナが番付占めていく国技（藤枝市・相馬祥乃）

日韓の絆を結ぶボール蹴る（清水市・村田貢一郎）

遠慮なく今期も巨人勝ってくれ（静岡市・石井長一）

芸能・スポーツ

草野球されて踏まれた休耕田（静岡市・寺田志づ江）

良くやった背なを叩いた大きな手（袋井市・猪瀬みつ子）

活力をパラリンピックから貰う（清水市・平井みつ子）

迫力が火花を散らす仕切線（焼津市・甲賀微風）

五線譜にまりと殿様はずんでる（静岡市・壇洋子）

シドニーの五輪に湧いたやわらちゃん（焼津市・山本友香）

Qちゃんと青梅で同じ空気吸い（袋井市・大場宏周）

自然・動植物・季節

もう少しそばにお寄りと春の風
（浜松市・清水桂子）

老いの生かくぞありたし寒椿
（静岡市・栩木フミ江）

廃校の桜が呼んだクラス会
（袋井市・榛葉貞坊）

自然

花吹雪この身も舞ってわが浄土（沼津市・下山節子）

樹氷美に慰められる語彙不足（沼津市・佐治揺葉）

しんしんと邪心を払う雪景色（静岡市・朝羽綾子）

木枯らしで風鈴鳴らす無精者（浜北市・本沢学）

大空をキャンバスにして虹の橋（函南町・市川良子）

風に揺れ休耕田は花盛り（静岡市・永倉はな）

取れすぎてすまぬとお辞儀する稲穂（大東町・牧野正治）

春の海さらさら人を呑んで吐く（静岡市・安本孝平）

深層水何やら先祖の声がする（富士市・上野良雄）

衿たてて春を探しにスニーカー（浜松市・八木裕子）

動物

背伸びしてのぞいた視野は春がすみ（浜北市・岩崎けい）

風紋は四季が織りなす砂丘の美（浜北市・村松藤子）

太陽の恵み大きな暖房費（焼津市・山岸志保）

冬眠の五体ゆさぶる春の風（浜北市・松野はな）

白いいき野原もみんなまっ白け（韮山町・宇田侑子）〈東部養護学校高二〉

次の朝体残した雪だるま（三島市・茂木雅美）〈東部養護学校高二〉

動物

春うらら猫と一緒に大あくび（清水市・川口美代）

大の字で寝てる夫を犬も真似（菊川町・鈴木訓子）

動物

介護犬時代の変化思い知り（富士市・永島絹代）

戯れる小鳥も枝で船を漕ぐ（浜北市・南沢敬子）

欄干に並ぶカモメの日向ぼこ（清水市・北川節子）

飽食の時代カラスも街に住み（静岡市・八木千枝）

夕闇へ一羽遅れて飛ぶカラス（清水市・北川節子）

愛犬に連れられて出る雪の朝（沼津市・桂茂）

雪こんこ犬がこたつで丸くなる（榛原町・榛奈まおん）

命賭け川をのぼって鵜のエサに（静岡市・海野洋一）

虫しぐれ聞けばそぞろにラブコール（静岡市・池谷喜代子）

愛犬の戸は開けられて閉められず（大東町・武藤弘之）

季節の植物

走ったらおいかけてくるこわい犬（函南町・露木彩乃）〈東部養護学校高一〉

寒いのでネコといっしょにこたつむり（伊豆長岡町・古山紗おり）〈東部養護学校高二〉

季節の植物

決断の庭に白菊凛と立ち（静岡市・山本和代）

庭の花添えて墓参のペダル踏む（静岡市・浅井君枝）

泣いている今年も一人花粉症（磐田市・松本祐佳）

花粉症一年分の涙ふく（静岡市・高田もも代）

造花見てクシャミしている花粉症（静岡市・杉山貞一）

義理堅い春のお供と舞う花粉（静岡市・石上満子）

季節の植物

替わりたい嫁がせた娘の花粉症（島田市・又平徳一）

春一番くしゃみ涙のプレゼント（焼津市・石田富美枝）

立春に柚の香かおる湯を浴びる（袋井市・鈴木千代）

レンゲ草摘んだ昔に帰りたい（袋井市・清順子）

草笛で思い伝える土手も春（静岡市・鈴木玲子）

新じゃがのコロコロ煮えて人恋し（袋井市・黒田一枝）

色競う百日草を選ぶ蜂（静岡市・谷澤百合）

どこまでも日光キスゲ目を奪い（静岡市・渡辺かつ）

落ち葉踏む足から秋がはい上がる（浜松市・中道たまゑ）

湖かぜの藍敷き詰めしラベンダー（富士宮市・金子徹）

季節の植物

琴の音に桜便りの序奏曲（静岡市・柿島佳江）

明けの春お待たせしました蕗の薹（袋井市・伊藤雄治）

冬眠の脳をゆさぶる蕗のとう（袋井市・山田フサ子）

菊花展小菊も数で美を競い（静岡市・新村ゑき）

果つる日の姿を学ぶ落椿（静岡市・湯沢艶子）

生きざまを晒して椿地に還る（浜松市・島香代）

温かな大地へ還る藪椿（静岡市・寺田柳京）

梅林が運ぶ便りに咲く話題（沼津市・平田初代）

排ガスに耐えて梅にも春が来る（沼津市・佐藤梢）

ああうまいわが菜園の春の朝（芝川町・風間俊子）

年中行事

麦踏んだ足が形状記憶する（静岡市・望月弘）

田植機にまかせ早乙女村にいず（焼津市・増田久子）

桜咲くまでは冬眠万歩計（浜北市・佐藤太一）

恋心覗かれそうな桃の花（浜北市・伊藤洋子）

年中行事

年の暮れ明日が見えないガラス拭き（静岡市・中村正一）

一年の駄目押しをするジャンボくじ（沼津市・溝口一貞）

ケーキ食べそば食べ雑煮食べて寝る（榛原町・榛奈まおん）

初詣カウントダウンの茶髪っ子（清水市・伊藤静枝）

紅白が終わり神様身構える（浜北市・本沢学）

年中行事

百までも豆を嚙む気の鬼は外（清水市・山田志げ）

年の瀬に家事を嫌ってゴルフ風邪（御殿場市・藤本久美子）

つるし雛愛でる夫婦の早春賦（袋井市・伊藤雄治）

借り衣装親子で写す七五三（清水市・山田敏夫）

夏祭りおどる輪の中人の中（三島市・土屋枝里佳）

静岡県

二市合併次郎長さんに聞いてみな
（清水市・川口美代）

富士山の眠り邪魔する低周波
（函南町・市川良子）

県内もろもろ

おらが県お茶にみかんにからっ風（袋井市・伊藤雄治）

伊豆に湧き駿河潤す千貫樋（清水町・山本俊雄）

解禁の浜を彩る桜えび（静岡市・朝羽綾子）

水増しでくずれかけてる石川ダム（菊川町・渡辺早苗）

静岡の水は気楽に飲める幸（静岡市・多々良友彦）

選挙とは椅子取りゲームの始めなり（吉田町・小原勇夫）

空港に賭けた世紀の大博打（吉田町・小原勇夫）

静清が一つ微笑も俺が富士（清水市・中村双葉）

龍爪の山並み父母を思い出す（清水市・山田志げ）

茶畑でチャッキリ節を口ずさみ（清水市・天方さち枝）

富士山

良き茶園眺て働ける今日の幸（富士市・吉田静江）

遠州の地下でも鯰跳ねたがり（磐田市・伊藤逸雄）

新世紀夢はエコパを駆けめぐる（菊川町・鈴木紀九）

はーまつにしぞーか弁がしてしまい（浜松市・野上茂男）

海憶う防人征った東海道（袋井市・大石善彦）

目覚めれば雪静岡を驚かせ（菊川町・白岩一代）

富士山

過去未来富士はやっぱり世界一（焼津市・青木四実）

新雪に輝く富士も生きている（沼津市・鈴木言士）

千年の富士湧水が喉で鳴る（静岡市・土屋勝平）

富士山

世界一富士を案ずる地震説（三島市・土屋とめ子）

写真展富士の魅力に吸い込まれ（藤枝市・森本創志）

富士見える部屋で子孫と夢語る（静岡市・多々良友彦）

静岡県の川柳結社

現在活動中の「静岡県川柳協会」加盟の結社、及び静岡新聞に何度か投句されている結社を掲載しました。なお、必要事項を執筆下さるよう当社が依頼し、書いて下さった結社については規定のスペースにてご紹介させていただきました。ここに掲載されている以外にも結社として活動されているところも数多くあると思いますが、ご一報下されば幸甚です。

川柳ともしび吟社

主宰者 佐藤灯人（本名、周策）
発行所 〒410-3302 田方郡土肥町土肥五五三―一 ☎〇五五八（九八）〇三三七
創刊年月日 昭和五十八年一月二十五日
刊行形態 月刊
主宰者の代表作

ときめきを朝のポストとかけぬける
落書きをひろう少年の絵をひろう
男抱く鱗いちまいだけの椅子

いかに人間の機微をうたうか自分の心を詠みこむかを求めやさしい言葉でも人間に感動を与える句、広がりのある句、深みのある句、明るい句をめざす。主に三十代から五十代の会員十五名。毎年、少年川柳大会を開催し、ジュニアの指導も行い、若い世代へつなげていこうと考えている。

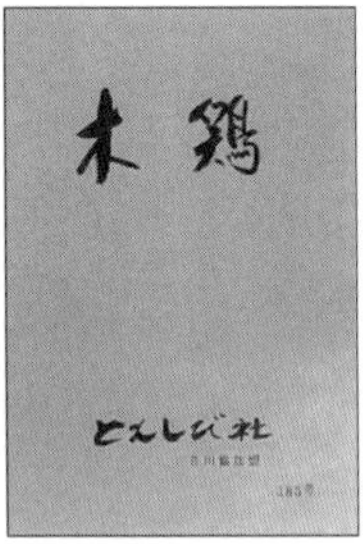

沼津川柳会

主宰者 植松静河
発行所 〒410-0874 沼津市松長一一六―三 ☎〇五五九―六六―六八三七
創刊年月日 平成四年三月
主宰者の代表作

何糞の一言さすが男だな
鬼の顔なったこと無い句の仲間
お世辞からとんだ土産を提げてくる

『沼津文芸』に川柳欄のなかった同市に、植松静河の掛けあいで同欄が創設され、あわせて平成四年、同好の士三十五名により本会が発足した。

会員相互でテーマを決め、句会を奇数月に開催。事前に課題句、自由句各三句を事務局に投句、当日講評の形をとる。

しみず川柳かすが（清水市中央公民館 生涯学習グループ「川柳初心者教室」）

講師 岩田笑酔 〒424-0842 清水市春日町一―二―二
三 ☎〇五四三―五二―〇二五七
会長 倉橋宏 〒424-0939 清水市清水町一番七号
☎ 〇五四三―五三―〇七四四
会長自選句

かくれんぼした境内で式を挙げ
窓口で祝福された母子手帳
サーファーの夢北斎の浪に乗り

昭和六三年十月清水市中央公民館の生涯学習として、毎月二回半年間の川柳教室が開かれた。講師は岩田笑酔先生。半年間の講座を終えて、そのまま川柳の勉強をしていくことになる。一年間の学習の成果を『しみず川柳かすが』にまとめている。

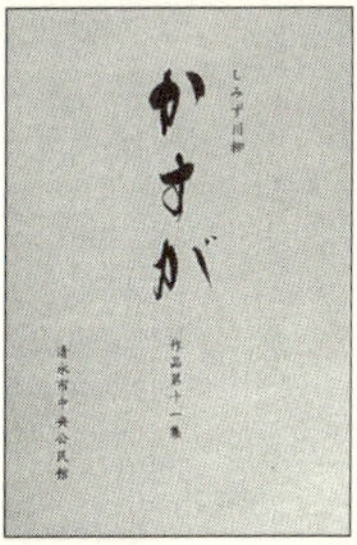

川柳は「五七五で日常茶飯事を詠む」をモットーとして、破調の句は厳に戒めている。

せいなん 師系 榎田柳葉女

主宰者 中村双葉
発行所 〒424-0943 清水市港町一―六―四 ☎〇五四三―五二―一一二六
創刊年月日 平成六年三月
刊行形態 月刊
主宰者の代表作

暗い谷間伸びる愛の手あったかい
まだ生きるファイト晩酌止めません
変化球期待新世紀のテーマ

根っからの素人を集めての柳社であるが男女混然一体和をモットーに月一回の例会が九〇パーセントの出席で続き、一月、五月、十月の市の文化祭に協賛の大会を開催近隣の友交吟社参加の下に行っている。

静岡川柳

創立者　榎田竹林・榎田柳葉女

主宰者　秋山静舟（本名、孝）

発行所　〒422-8063　静岡市馬渕二―一〇―四　☎〇五四―二八五―二七六一

創刊年月日　大正十五年十月

刊行形態　月刊（毎月一日発行）

主宰者の近詠

何もかも話せる友だから言えず
痩せ我慢そんな男の意地もある
柳論の果てに行きつく人間味

〝月とゐる窓のひと時眞人間〟〝おもいでのどこにもそばにうちの人〟。登呂公園に建つ比翼句碑の一句である。日本人に愛され親しまれた五音、七音のリズム感、平易な言葉の十七音字に盛り込まれた個性と余情、そして「自分の句、血の通った句」を作る、という師の教えを現在も継承している。

たかね川柳会

師系　川上三太郎

主宰者　平山《ひらやま》虎《こ》竹堂《ちくどう》

発行所　〒420-0076　静岡市六番町三―五　☎〇五四―二五三―一五七八

創刊年月日　昭和四十六年十月

刊行形態　月刊

主宰者の代表作

天地撥剌太根の青と白
金婚の蓼食う虫を笑い合う
仕事仕事なんだこの汽車窓が無い

伝統・革新どちらにも偏らない半抽象半具象をモットーとして二十一世紀の川柳を摸索する。全国的に著名な講師陣に指導頂き、一九九九年開催した全国誌上川柳大会では北海道から沖縄まで七〇〇句以上もの投句があり成功を収めた。少人数ながらも様々な可能性にチャレンジして行こうと思う。

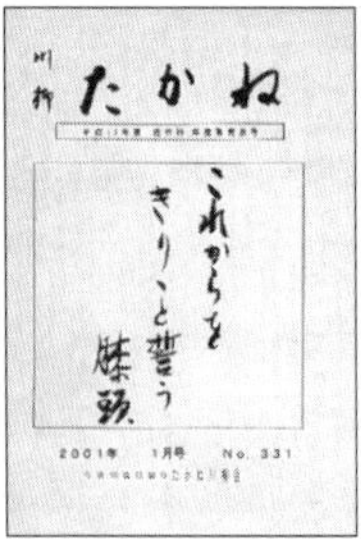

焼津川柳とび魚吟社

師系　榎田竹林・榎田柳葉女

主幹　斉藤伴雄

発行所　〒425-0071　焼津市三ケ名七一七ノ四　☎〇五四―六二七―三八二二

創刊年月日　昭和四十九年一月（平成十一年三月で創刊三〇〇号）

刊行形態　月刊

創刊者長谷川京一以来、伝統を大切に、基本を第一とし、常に初心を忘れず作句する事を理念としている。五七五のルールを守りながら、柔軟な頭で創作する事をモットーにして、現在に至る。

焼津みなと柳社

主幹　遠藤卯月

発行所　〒425-0027　焼津市栄町六―六―一四　☎〇五四―六二八―〇六二四

創刊年月　昭和五十七年四月

刊行形態　月刊（毎月一回　二十日発行）

主幹の代表作

有難いことにエンジンまだ無傷
ワープロに戯れ老いが蟹になる
携帯が又も予定を替えちまい

雑詠漁火抄（同人創作）、雑詠潮騒抄（詠友創作）は自選句を主体として作者の気持をそのま、活字にし、他吟社の作風にとらわれず、中道を守り、時代の流れに沿った新鮮味を尊重し佳句を後世に残すべく努力し、初代故岸村南天氏より継承して通巻二二五号に至る。

藤枝川柳番茶会

師系　榎田竹林

主宰者　飯塚柳志

発行所　〒426-0023　藤枝市茶町三―二―一七　☎〇五四―六四一―五六六六

設立年月　昭和二十三年七月

刊行形態　隔月刊

主宰者の代表作

遠縁という遠縁がややこしい
世の中の不思議火の無いとこに煙
正論は時代の風に乗り切れず

人間の生活上表われる大小様々の出来事を切り取り、またそれをヒントとして、十七音のドラマに創作、表現することをモットーにしている。

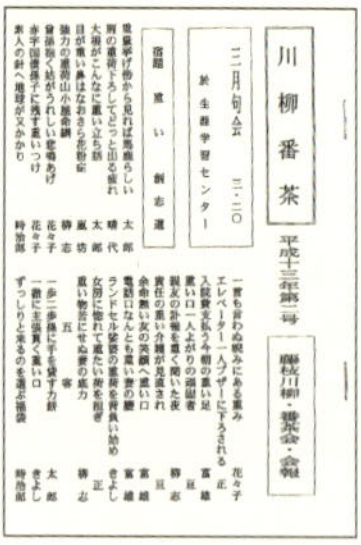

川柳吟社　麦

主幹　鈴木みのる（本名国一）

発行所　〒437-0026　袋井市袋井六二　☎〇五三八―四二―二八一七

創刊年月日　平成十年四月

刊行形態　月刊

主幹代表作

薄味の続く日記が怖くなる
余生万歳種も仕掛もなく生きる
平凡に徹し暮らしを磨き込む

現代の川柳は自然体で人間の喜怒哀楽をうたう文芸。自分の言葉で自分の心を五、七、五のリズムで自由に表現することを、月一回の句会でみのる主幹のもとで学び、和気あいあいの雰囲気の中、半面真剣に競い合っている。

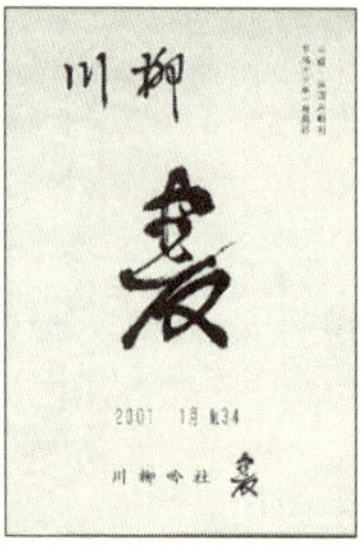

浜松川柳社いしころ会

師系　川上三太郎・岸本水府等

主宰者　鈴木泰舟《たいしゅう》（本名、克明）

発行所　〒430-0821　浜松市西町九四　☎〇五三—四二五—九二八二

創刊年月日　昭和三十八年四月一日

刊行形態　月刊（毎月一日発行）三月で四六一号

主宰者の代表作

乾杯の向こうに見えてくる景色

にんげんとしての泉を枯らさない

人間のドラマに神が朱を入れる

五七五のリズムは基本的には崩さぬ点で伝統も重視するが、変化する時代や社会の本質を「わかりやすい言葉でかつ深みのある作品に」をめざす中道川柳を標榜。関東の川柳研究社の幹事や関西の番傘川柳本社同人が現在、柳社の指導にあたり、全国的な活躍ができる川柳人をめざしている。

浜　柳

師系　榎田竹林・榎田柳葉女、伊志田孝三郎

主宰者　浅野浅々子（本名　保榮）

発行所　〒434-0034　浜北市高畑五三七—一　☎〇五三—五八六—二五四三

創刊年月日　昭和二十一年四月一日

刊行形態　月刊

主宰者の代表作

日の丸をあげたい父の耕運機

もうすでに許す用意の顔になり

起点から鬼は終点まで一緒

昭和二十年頃、榎田竹林・柳葉女御夫妻が浅野宅に来浜、御指導をうけ、同二十七年には伊志田孝三郎先生にも指導をいただき浜柳会は息吹を挙げた。

両師の句風をうけ継ぎ、伝統をふまえた正統派川柳として発展、「温故知新」の精神を重んじる。

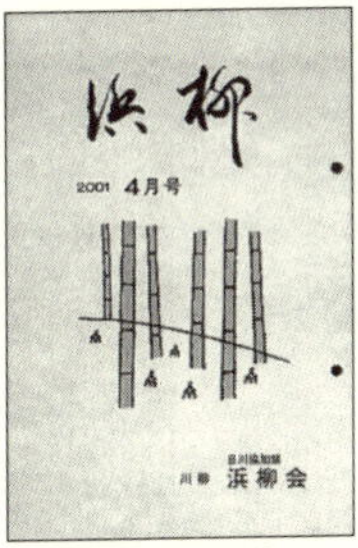

SBSラジオ川柳同好会

代表　荻田《おぎた》飛遊夢《ひゆうむ》
発行所　〒411-0943　駿東郡長泉町下土狩二一五—二—四〇五　☎〇五五九—八八—〇五四六
創刊年月日　平成八年十一月
刊行形態　季刊
代表作

雨音もなぜか嬉しい待ち合わせ
優しさの疑似餌がやたら生臭い
出し抜いてやるぞ充電できたから

その名の通りラジオ午後ワイド番組の川柳コーナーから誕生したリスナーの集まりで、三〇年以上の歴史を持ち、会員数も百名を超える。現在週五回の川柳コーナー参加のほか、年四回の誌上句会、また毎年秋には親睦会を開き、若者を中心に楽しくやっている。

長尾川柳会

師　村田邑路

代表者　尾形尚徳（雅号　青嶺《セイレイ》）
発行所　〒420-0803　静岡市千代田六丁目二四—一一　☎〇五四—二六二—一五一五
機関誌　平成十年十月二十一日創刊　月刊（毎月第四火曜日発行）
師の代表作

一生をかけて絵の具に出せぬ色
遊ばせる心の中の放し飼い
父を聞き母がささやく川の音

開館直後の長尾川老人福祉センターに川柳教室として呱呱の声。以来卒業生有志で同好会を組織、現在十九人で構成。

師は会員の自選句を集めた句集「風紋」（全十冊、一万八千句）を刊行し、会員の川柳向上と親睦を図る。師訓「句に心を入れなさい」。

下田川柳黒潮吟社

師系 榎田竹林

主幹 土屋渓水

発行所 〒413-0714 下田市北湯ヶ野五五四 ☎〇五五八―二八―一〇〇〇

土肥金銀川柳吟社

代表 服部和大

発行所 〒410-3302 田方郡土肥町土肥四六六―一 ☎〇五五八―九八―〇二三八

伊東温泉川柳会

主幹 原幸枝

発行所 〒414-0046 伊東市大原三―一―一三 ☎〇五五七―三七―七一九七

富士宮川柳 芙蓉会

主幹 三木扇風

発行所 〒418-0017 富士宮市舟久保町二四―九 ☎〇五四四―二四―六七四六

くさなぎ川柳会

主幹 堀場梨絵

発行所 〒424-0886 清水市草薙一―二二―四 ☎〇五四三―四五―七三三二

むなぎ川柳会

主幹 山田鳴泡

発行所 〒420-0911 静岡市瀬名二―四―一四 ☎〇五四―二六一―〇六九九

八幡川柳会

師系　榎田竹林・榎田柳葉女

主幹　遠藤木犀

発行所　〒422-8032　静岡市有東一―一七―一八　☎〇五四―二八五―八五八七

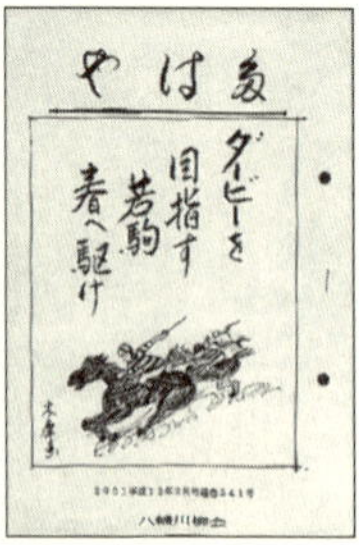

金谷川柳茶ばしら吟社

主幹　大石蝌蚪

発行所　〒428-0006　榛原郡金谷町牛尾三六二　☎〇五四七―四五―四三九八

静柳の会

師　村田邑路

代表　遠山志ま子

発行所　〒420-0846　静岡市城東町八―一五　☎〇五四―二四六―一四九四

しずはた川柳会

主幹　村田邑路

発行所　〒420-0064　静岡市本通八―五二　☎〇五四―二五三―〇六九五

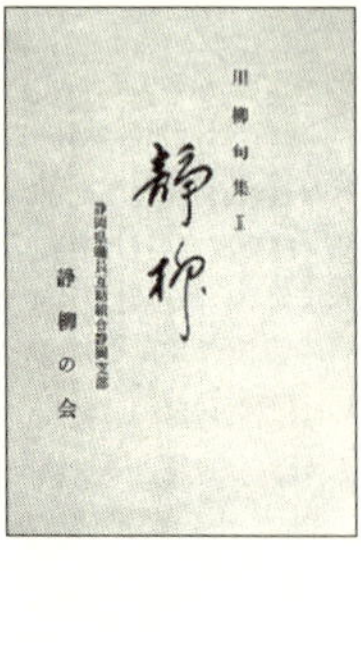

小鹿老人福祉センター川柳同好会
代表　土屋のり子
発行所　〒420-0812　静岡市古庄四―一六―四　☎〇五四―二六一―九三七五

静岡北部川柳同好会
代表　望月正八
発行所　〒422-8033　静岡市登呂四―二六―七―三　☎〇五四―二八六―〇〇九五

あすなろ川柳会
代表　曽根田志げる
発行所　〒420-0054　静岡市南安倍一―二―一五　☎〇五四―二五五―六八九〇

中央公民館寿川柳同好会
代表　服部哲男
発行所　〒420-0852　静岡市紺屋町三―二　☎〇五四―二五二―一六一二

川柳研究わだちの会
代表　石川重尾
発行所　〒420-0073　静岡市三番町二―七　☎〇五四―二五三―一四九〇

焼津寿大学柳部
代表　青木四美
発行所　〒425-0071　焼津市三ヶ名一一九一―三　☎〇五四―六二九―七一四〇

袋井南公民館川柳クラブ

代表　新貝里々子
発行所　〒437-0025　袋井市栄町八一―一四　☎〇五三八―四二―二七二七

新間若葉川柳クラブ

代表　杉山秀夫
発行所　〒421-1201　静岡市新間一八三〇―二　☎〇五四―二七八―七〇四六

おわりに

思うに川柳を詠む心とは何ぞやとつらつら私なりに考えてみますと、

子の笑顔見たい駄洒落を言ってみる

と、腹の立つことややるせない思いをすることの多い憂き世を、深刻ぶらずに笑いとばしてしまおうではないか、という庶民の知恵やたくましさを詠んだものではないかと思うのです。

また一方

ぬるむ世に鯔背《いなせ》な啖呵《たんか》小気味よし

と、時の政治や社会に対して批判の刃を向け、つもりつもったうっぷんをスパッと十七文字で言い切って溜飲を下げるようなものでもあり、これが時代の気分を詠む所以でもあると思います。

また、川柳は俳句と趣を異にして、生身の人間のおかしみや意外性の面白さを表現するもので、変化の著しい世情をぼやいて

生涯の学習終えてカナに負け（小林鏡一）

は変わる世についていけず、やっきりしながらもとぼけた味の表現ができるのも川柳ならではでしょう。

また、変わる世にかわらぬ人間のありのままの姿・真実をうたった

単純な言葉に父の底力（大橋隆広）

母の背を流す何より母が好き（鈴木すみ子）

など永遠に持ち続けていきたい思いを言い切るのも川柳だと思います。

残り物ゴッタ煮にして政《まつりごと》

高齢化社会はとかく若者になじめず、「今時の若い者は」という気分も感じられるものの、川柳界も若手の参加と、奮起が今こそ望まれているのではないでしょうか。

過日飲み屋のおばさんに「男はオダックいでなけりゃだめだよ」と言われ、やっぱりそうだなあと心新たに次の句を座右銘に、川柳の広まりのお役に立ちたいと思っています。

人が好いいつも明るいオダックい

静岡県 川柳・時代の気分

平成十三年七月二十四日初版発行

発行者 松井 純

発行所 ㈱静岡新聞社
〒四二二−八〇三三 静岡市登呂三−一−一
☎〇五四−二八四−一六六六
Fax〇五四−二八四−八九二四

印刷・製本 図書印刷㈱

定価はカバーに表示してあります
落丁・乱丁本はお取り替えします

ISBN4-7838-0317-X C0073